Mr Wonka va trop loin

La dernière fois que nous avons vu Charlie, il survolait sa ville natale dans le grand ascenseur de verre. Quelques instants auparavant, Mr Wonka lui avait appris que, désormais, l'énorme, la fabuleuse chocolaterie lui appartenait. À présent, notre jeune ami revenait triomphalement pour y habiter avec toute sa famille.

Petit rappel des passagers de l'ascenseur :

Charlie Bucket, notre héros.

Mr Willy Wonka, l'extraordinaire fabricant de chocolat.

Mr et Mrs Bucket, le père et la mère de Charlie.

Grand-papa Joe et grand-maman Joséphine, le père et la mère de Mr Bucket.

Grand-papa Georges et grand-maman Georgina, le père et la mère de Mrs Bucket.

Grand-maman Joséphine, grand-maman Georgina et grand-papa Georges étaient toujours dans leur lit qu'on avait poussé à bord avant le décollage.

Grand-papa Joe, vous vous en souvenez, était sorti du lit pour aller visiter la chocolaterie avec Charlie.

Le grand ascenseur de verre volait tranquillement, sans se presser, à trois cents mètres de haut. Le ciel était d'un bleu étincelant. Tout le monde à bord était follement excité à l'idée d'aller vivre dans la célèbre chocolaterie.

Grand-papa Joe chantait.

Charlie gambadait.

Mr et Mrs Bucket semblaient heureux pour la première fois depuis des années, et les trois vieux grabataires se regardaient en souriant de toutes leurs gencives roses et édentées.

– Qu'est-ce qui fait donc voler cet incroyable engin ? marmonna grand-maman Joséphine.

– Les crochets du ciel, répondit Mr Wonka.

– Pas possible ! s'écria grand-maman Joséphine.

– Chère madame, dit Mr Wonka, vous venez juste d'entrer en scène. Quand vous serez avec nous depuis plus longtemps, rien ne vous étonnera plus.

– Ces crochets du ciel, reprit grand-maman Joséphine, ils ont sans doute un bout accroché à notre engin. Exact ?

– Exact, dit Mr Wonka.

– Et à quoi est accroché l'autre bout ? demanda grand-maman Joséphine.

– Je deviens chaque jour de plus en plus sourd, répondit Mr Wonka. Rappelez-moi de téléphoner à mon oto-rhino quand nous reviendrons, s'il vous plaît.

– Charlie, dit grand-maman Joséphine, je n'ai pas grande confiance en ce monsieur.

– Moi non plus, dit grand-maman Georgina. Il plaisante tout le temps.

Charlie se pencha sur le lit pour chuchoter aux deux vieilles dames :

– Je vous en prie, soyez gentilles. Mr Wonka est un homme fantastique. C'est mon ami. Je l'adore.

– Charlie a raison, murmura grand-papa Joe en rejoignant le groupe. Calmez-vous, Josie, et ne nous ennuyez plus.

– Dépêchons-nous ! s'écria Mr Wonka. Nous avons tant de temps et si peu à faire ! Non, attendez ! C'est exactement le contraire ! Vous m'aviez compris, merci ! Et maintenant, de retour à la chocolaterie !

Il claqua dans ses mains et fit un bond de deux pieds de haut sur ses deux pieds.

– Nous volons vers la chocolaterie ! Mais nous devons nous élever avant de redescendre. Nous devons nous élever de plus en plus haut !

– Qu'est-ce que je vous disais, fit grand-maman Joséphine. Il est givré !

– Calmez-vous, Josie, dit grand-papa Joe. Mr Wonka sait très bien ce qu'il fait.

– Il est givré comme un citron ! dit grand-maman Georgina.

– Nous devons monter de plus en plus haut ! criait Mr Wonka. Fantastiquement haut ! Accrochez bien vos estomacs !

Il appuya sur un bouton marron. L'ascenseur

s'ébranla, et whoush ! il s'élança en flèche, comme une fusée, avec un bruit effrayant. Tout le monde s'agrippa à tout le monde et, tandis que l'énorme appareil gagnait de la vitesse, le vacarme du vent se fit de plus en plus fort, de plus en plus aigu, jusqu'à percer les tympans. Il fallait hurler pour être entendu.

– Arrêtez ! hurla grand-maman Joséphine. Faites-le s'arrêter, Joe ! Je veux m'en aller !

– Sauvez-nous ! hurla grand-maman Georgina.

– Redescendez ! hurla grand-papa Georges.

– Non, non ! hurla Mr Wonka. Nous devons monter !

– Mais pourquoi ? s'écrièrent-ils en chœur. Pourquoi monter au lieu de descendre ?

– Parce que plus haut nous serons au moment de redescendre, plus vite nous rentrerons dedans, dit Mr Wonka. Il faut aller à une vitesse foudroyante quand nous la tamponnerons.

– Quand nous tamponnerons quoi ? s'écrièrent-ils.

– La chocolaterie, bien sûr, répondit Mr Wonka.

– Ça, c'est un peu fort ! dit grand-maman Joséphine. Nous allons être réduits en bouillie !

– Comme des œufs brouillés ! ajouta grand-maman Georgina.

– Ça, dit Mr Wonka, c'est un risque à courir.

– Vous plaisantez, fit grand-maman Joséphine. Dites-nous que vous plaisantez.

– Madame, déclara Mr Wonka, je ne plaisante jamais.

– Oh, mes chéris ! s'écria grand-maman Georgina, nous allons être hachés-pâtés jusqu'au dernier !

– Très probablement, dit Mr Wonka.

Grand-maman Joséphine poussa un cri perçant, et disparut sous les draps. Grand-maman Georgina agrippa si fort grand-papa Georges qu'il sembla maigrir de moitié. Mr et Mrs Bucket se tenaient dans les bras l'un de l'autre, muets de peur. Seuls Charlie et grand-papa Joe restaient à peu près calmes. Ils avaient fait un bout de chemin avec Mr Wonka et ils s'étonnaient moins qu'avant. Mais, tandis que le grand ascenseur continuait à s'éloigner de la Terre à toute allure, Charlie lui-même commençait à se sentir un tantinet inquiet.

– Mr Wonka, hurla-t-il au milieu du vacarme, je ne comprends pas pourquoi nous devons descendre si vite.

– Mon cher enfant, répondit Mr Wonka, si nous ne descendons pas si vite, nous ne crèverons pas le toit de la chocolaterie pour rentrer. Ce n'est pas facile de percer un trou dans un toit aussi solide.

– Mais il y a déjà un trou, dit Charlie. Nous l'avons fait en sortant.

– Eh bien, nous en ferons un autre, décréta Mr Wonka. Deux trous valent mieux qu'un. N'importe quelle souris te le dira.

Le grand ascenseur de verre filait de plus en plus haut. Bientôt, ils virent les mers et les pays de la Terre qui s'étalaient au-dessous d'eux comme une carte de géographie. Tout cela était très beau, mais quand on est sur un sol de verre et qu'on regarde à travers, quelle abominable sensation !

Même Charlie commençait à avoir peur, maintenant. Il serra fort la main de grand-papa Joe, et leva les yeux sur la figure du vieil homme.

– J'ai peur, grand-papa, dit-il.

Grand-papa mit son bras autour de Charlie et l'étreignit.

– Moi aussi, Charlie.

– Mr Wonka, hurla Charlie, vous ne croyez pas qu'on est assez haut ?

– Presque, répondit Mr Wonka, mais pas encore. À présent, s'il vous plaît, ne parlez plus et ne me dérangez plus. Au stade où nous sommes, je dois faire très attention. Il faut chronométrer au quart de seconde près. Tu vois ce bouton vert ? Je dois appuyer dessus exactement au bon moment. Si j'appuie une demi-seconde trop tard, nous continuerons à monter.

– Que se passera-t-il si nous continuons à monter ? demanda grand-papa Joe.

– S'il vous plaît, ne me parlez plus, que je puisse me concentrer, dit Mr Wonka.

À l'instant même, grand-maman Joséphine sortit sa tête de sous les draps. À travers le sol de verre,

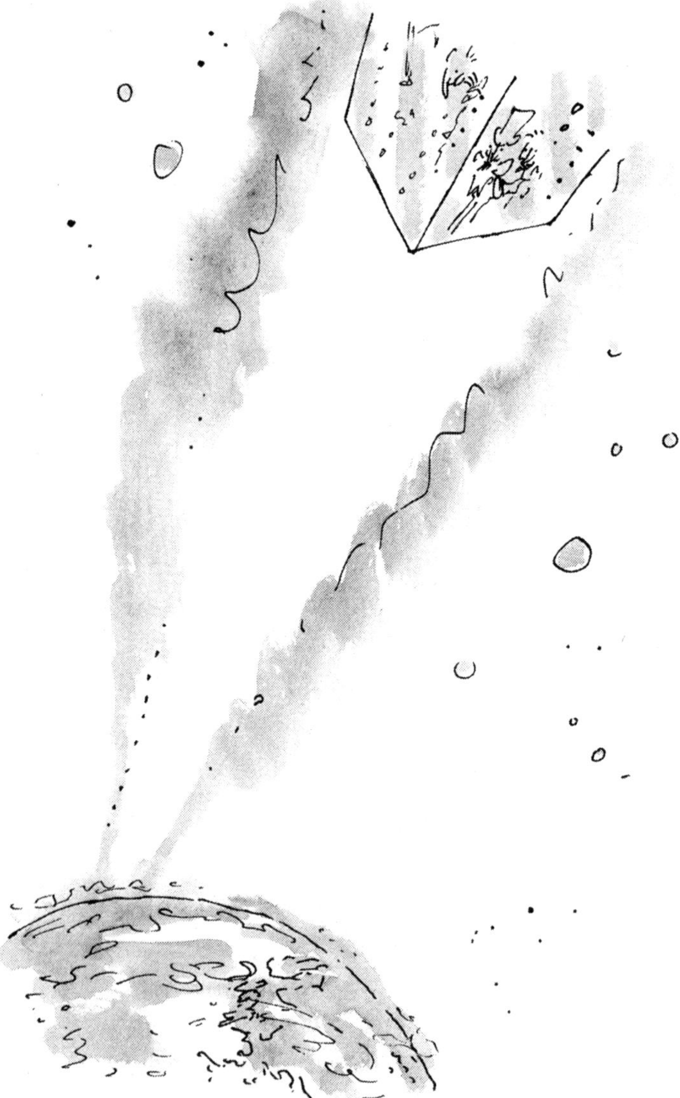

elle aperçut toute l'Amérique du Nord à deux cents miles environ, pas plus grosse qu'une barre de chocolat.

– Il faut arrêter ce maniaque ! vociféra-t-elle.

De sa vieille main ridée, elle attrapa prestement Mr Wonka par la queue de son habit et le renversa sur le lit.

– Non, non ! cria Mr Wonka en se débattant pour se dégager. J'ai des choses à faire ! Ne gênez pas le pilote !

– Vous êtes fou ! brailla grand-maman Joséphine en le secouant si fort qu'on ne lui voyait presque plus la tête. Ramenez-nous à la maison sur-le-champ !

– Lâchez-moi ! hurla Mr Wonka. Je dois appuyer sur ce bouton, ou bien nous continuerons à monter. Lâchez-moi ! Lâchez-moi !

Mais grand-maman Joséphine tenait bon.

– Charlie ! lança Mr Wonka, appuie sur le bouton ! Le bouton vert ! Vite, vite, vite !

Charlie traversa l'ascenseur d'un bond et appuya de toutes ses forces sur le bouton vert. Alors, l'ascenseur grinça horriblement, se renversa sur le côté, et le sifflement du vent s'arrêta. Il y eut un silence à donner le frisson.

– Trop tard ! s'écria Mr Wonka Oh, mon Dieu ! Nous sommes cuits !

À ce moment-là, le lit se souleva doucement du sol avec les trois vieux et Mr Wonka, et resta suspendu

en l'air. Charlie, grand-papa Joe, Mr et Mrs Bucket s'élevèrent eux aussi, et, en un clin d'œil, tous les passagers du grand ascenseur de verre se mirent à flotter comme des ballons.

– Regardez ce que vous avez fait ! dit Mr Wonka tout en voletant.

– Qu'est-il arrivé ? demanda grand-maman Joséphine.

Elle était sortie du lit et planait au plafond, en chemise de nuit.

– Nous avons continué à monter ? interrogea Charlie.

– Continué à monter ? répéta Mr Wonka. Bien sûr ! Savez-vous où nous sommes, mes amis ? Nous sommes sur orbite !

Ils ouvrirent la bouche et les yeux de stupeur, trop ahuris pour parler.

– Maintenant nous tournons autour de la Terre à dix-sept mille miles à l'heure, dit Mr Wonka. Tout va bien ?

– J'étouffe ! suffoqua grand-maman Joséphine. Je ne peux plus respirer !

– Évidemment, dit Mr Wonka, il n'y a plus d'air !

Il fit quelques mouvements de brasse pour aller appuyer sur un bouton marqué : OXYGÈNE.

– Ça va aller mieux, dit-il. Respirez à pleins poumons.

– Quelle étrange sensation ! fit Charlie en nageant dans l'air. J'ai l'impression d'être une bulle.

– Formidable ! s'écria grand-papa Joe. C'est comme si je ne pesais plus rien du tout.

– En effet, dit Mr Wonka. Nous ne pesons plus rien, même pas une livre.

– Sottises ! s'exclama grand-maman Georgina. Je pèse exactement cent trente-sept livres.

– Plus maintenant, dit Mr Wonka. Vous ne pesez plus rien.

Les trois vieux, grand-papa Georges, grand-maman Georgina et grand-maman Joséphine, essayaient désespérément de regagner leur lit, mais en vain. Il flottait, tout comme eux. Chaque fois qu'ils passaient au-dessus, et qu'ils tentaient de s'y allonger, ils remontaient irrésistiblement. Charlie et grand-papa Joe rugissaient de rire.

– Qu'y a-t-il de si drôle ? demanda grand-maman Joséphine.

– Nous vous avons enfin fait sortir du lit ! dit grand-papa Joe.

– Tais-toi ! Aide-nous plutôt à descendre ! coupa grand-maman Joséphine.

– Impossible ! dit Mr Wonka. Vous ne redescendrez plus jamais. Continuez à flotter, et amusez-vous bien !

– C'est un fou ! s'écria grand-maman Georgina. Attention, faites bien attention ou il va tous nous hacher-pâtés.

2
Space Hotel USA

Le grand ascenseur de verre de Mr Wonka n'était pas le seul appareil en orbite autour de la Terre à ce moment-là. Deux jours auparavant, les États-Unis d'Amérique avaient lancé leur premier hôtel spatial, une gigantesque capsule en forme de saucisse qui n'avait pas moins de deux mille pieds de long. Cette merveille de l'ère spatiale s'appelait le *Space Hotel USA*. À l'intérieur, il y avait un court de tennis, une piscine, un gymnase, une salle de jeux pour les enfants, et cinq cents magnifiques chambres ayant chacune leur salle de bains, tout cela bien entendu avec air conditionné. L'hôtel était également équipé d'une machine à créer une gravité artificielle pour marcher normalement sans flotter.

Cet extraordinaire objet tournait maintenant autour de la Terre, à une hauteur de deux cent quarante miles. Un service de taxis, des petites capsules décollant de Cap Kennedy, faisaient la navette toutes les heures, du lundi au vendredi, pour embarquer et débarquer les clients. Pourtant, jusqu'à présent, il n'y avait eu personne à bord, même pas un astronaute. Personne n'avait vraiment cru qu'une chose aussi énorme pourrait quitter le sol sans exploser !

Pourtant, le lancement fut un grand succès, et depuis que le *Space Hotel* était en orbite, on se pressait, on se bousculait pour envoyer les premiers hôtes. On racontait même que le président des États-Unis en personne serait parmi les premiers à séjourner à l'hôtel et, bien sûr, des tas de gens des quatre coins du monde se ruaient comme des enragés pour retenir des chambres. Plusieurs rois et plusieurs reines envoyèrent des télégrammes à la Maison-Blanche, à Washington, pour obtenir des réservations, et un milliardaire texan du nom d'Orson Cart, qui devait épouser une starlette, Helen Highwater, offrit cent mille dollars pour passer une journée dans la suite réservée aux jeunes mariés.

Mais on ne peut pas envoyer des clients dans un hôtel s'il n'y a personne pour s'occuper d'eux. Et voilà pourquoi un autre objet volant tournait autour de la Terre. C'était une grande capsule qui transportait tout le personnel du *Space Hotel USA* : des directeurs, des sous-directeurs, des caissiers, des serveuses, des grooms, des femmes de chambre, des chefs pâtissiers et des plantons. Cette capsule était pilotée par les trois célèbres astronautes Shuckworth, Shanks et Showler, tous les trois beaux, intelligents et courageux.

– Dans une heure exactement, déclara Shuckworth dans un haut-parleur aux passagers, nous atteindrons le *Space Hotel USA*, que vous aurez le bonheur d'habiter pendant dix ans. Bientôt, devant vous, vous allez apercevoir pour la première fois ce magnifique vaisseau spatial. Ah, ah ! Je vois quelque chose ! Mes amis, c'est sûrement ça ! Oui, il y a bien un engin au-dessus de nous !

Shuckworth, Shanks et Showler, ainsi que les directeurs, les sous-directeurs, les caissiers, les serveuses, les grooms, les femmes de chambre, les chefs pâtissiers et les plantons, regardèrent par les hublots, tout excités. Shuckworth alluma deux petites fusées pour accélérer la vitesse de la capsule et rattraper l'engin.

– Hé ! brailla Showler. Ce n'est pas notre hôtel spatial !

– Peste ! s'écria Shanks. Par Nabuchodonosor, qu'est-ce que c'est ?

– Vite ! Un télescope ! hurla Shuckworth.

D'une main, il régla le télescope tandis que de l'autre il appuya sur le bouton qui le reliait à la tour de contrôle, à terre.

– Hello, Houston ! cria-t-il dans le micro. Il y a un truc incroyable, en haut ! C'est une chose en orbite, au-dessus de nous, et ça ne ressemble en rien aux vaisseaux de l'espace que j'ai vus, ça, c'est sûr !

– Décrivez-le ! ordonna la tour de contrôle à Houston.

– C'est… c'est tout en verre, une sorte de cube, et il y a plein de gens dedans ! Ils flottent comme des poissons dans un aquarium !

– Combien d'astronautes à bord ?

– Aucun, répondit Shuckworth. Ça ne peut pas être des astronautes.

– Et pourquoi ?

– Parce que trois d'entre eux sont en chemise de nuit !

– Ne faites pas l'idiot ! glapit la tour de contrôle. Remettez-vous, mon gars ! C'est sérieux.

– Je vous le jure ! s'écria le malheureux Shuckworth. Trois sont en chemise de nuit ! Deux vieilles femmes et un vieil homme ! Je les vois nettement ! Je vois même leurs figures ! Ciel ! Ils sont plus vieux que Moïse ! Ils ont dans les quatre-vingt-dix ans !

– Vous êtes fou, Shuckworth ! hurla la tour de contrôle. Vous êtes licencié ! Passez-moi Shanks !

– Ici Shanks, dit Shanks. Écoutez-moi, Houston. Il y a ces trois drôles d'oiseaux en chemise de nuit, en train de voler dans cette incroyable boîte en verre et il y a un curieux petit bonhomme avec un bouc, qui porte un haut-de-forme noir, un habit à queue en velours de couleur prune et un pantalon vert bouteille.

– Arrêtez ! cria la tour de contrôle.

– Ce n'est pas tout, dit Shanks. Il y a aussi un petit garçon d'une dizaine d'années.

– Ce n'est pas un petit garçon, imbécile ! coupa la tour de contrôle. C'est un astronaute déguisé ! Un astronaute nain déguisé en petit garçon ! Et ces vieux aussi sont des astronautes ! Ils sont tous déguisés !

– Mais qui sont-ils ? demanda Shanks.

– Comment diable le savoir ? dit la tour de contrôle. Est-ce qu'ils se dirigent vers notre *Space Hotel* ?

– Exactement ! vociféra Shanks. Maintenant, je vois le *Space Hotel* à environ un mile au-dessus de nous !

– Ils vont le faire exploser ! hurla la tour de contrôle. Quelle catastrophe ! C'est...

Soudain, la voix fut interrompue et Shanks

entendit une autre voix dans ses écouteurs, grave et âpre, entièrement différente.

– Je m'en occupe, fit la voix grave et âpre. Vous êtes là, Shanks ?

– Bien sûr que je suis là, dit Shanks. Comment osez-vous nous interrompre ? Et qui êtes-vous ?

– Le président des États-Unis, dit la voix.

– Et moi, le magicien d'Oz, dit Shanks. Vous voulez me faire marcher ?

– Arrêtez vos âneries, coupa le président. Il s'agit d'une affaire d'État.

– Mon Dieu ! s'écria Shanks en se retournant vers Shuckworth et Showler. C'est vraiment le président, le président Gilligrass en personne… Eh bien, bonjour, monsieur le président. Comment allez-vous aujourd'hui ?

– Combien y a-t-il de personnes dans la capsule en verre ? demanda le président de sa voix âpre.

– Huit, dit Shanks. Toutes en train de flotter.

– En train de flotter ?

– Nous sommes en apesanteur, là-haut, monsieur le président. Tout le monde flotte. Nous-mêmes, nous flotterions si nous n'étions pas retenus par des courroies. Le saviez-vous ?

– Bien entendu, répondit le président. Qu'est-ce que vous pouvez me dire d'autre, au sujet de cette capsule en verre ?

– Il y a un lit à l'intérieur, un grand lit à deux places qui flotte lui aussi.

– Un lit ! aboya le président. Il n'y a jamais de lit dans un engin spatial !

– Je vous jure que c'est un lit.

– Vous êtes fondu, Shanks, déclara le président. Fondu comme un fromage ! Passez-moi Showler !

– Ici Showler, monsieur le président, dit Showler en prenant le micro à Shanks. C'est un grand honneur pour moi de vous parler, monsieur le président.

– Oh ça va ! coupa le président. Dites-moi ce que vous voyez.

– C'est un lit, monsieur le président. Je le vois dans mon télescope. Il y a des draps, des couvertures, et un matelas.

– Ce n'est pas un lit, espèce de radoteur taré ! hurla le président. Vous ne comprenez pas que c'est une ruse ? C'est une bombe ! Une bombe camouflée en lit ! Ils vont faire sauter notre magnifique *Space Hotel !*

– Qui ça, ils, monsieur le président ? demanda Shanks.

– Ne parlez pas tant et laissez-moi réfléchir, dit le président.

Il y eut un moment de silence. Showler attendait nerveusement, ainsi que Shanks et Shuckworth, et ainsi que les directeurs et les sous-directeurs, les caissiers et les serveuses, les grooms et les femmes de chambre, les chefs pâtissiers et les plantons. En bas, dans l'énorme tour de contrôle, cent contrôleurs étaient assis sans bouger devant leurs cadrans, dans leurs cabines d'écoute, attendant les ordres que le président allait donner aux astronautes.

– J'ai une idée, dit le président. Y a-t-il une caméra de télévision à l'avant de la capsule, Showler ?

– Absolument, monsieur le président.

– Alors, filmez, crétin ! Comme ça, en bas, nous pourrons voir l'objet !

– Je n'y aurais jamais songé, dit Showler. Pas étonnant que vous soyez le président. Voilà.

Il appuya sur le bouton qui déclenchait la caméra, dans le nez de l'appareil, et, au même moment, les cinq cent millions de gens dans le monde, qui venaient de tout entendre à la radio, se précipitèrent sur leurs téléviseurs.

Et, sur leurs écrans, ils virent exactement ce que Shuckworth, Shanks et Showler voyaient : une étrange boîte en verre, en orbite autour de la Terre et, à l'intérieur (l'image n'était pas très nette mais il n'y avait aucun doute), sept adultes, un petit garçon et un grand lit à deux places en train de flotter. Trois des adultes étaient en chemise de nuit, pieds nus. Au loin, au-delà de la boîte en verre, les téléspectateurs aperçurent le *Space Hotel*, énorme, étincelant et argenté.

Mais ce qui attirait tous les regards, c'était la sinistre boîte en verre avec son sinistre équipage, huit créatures si fortes et si résistantes qu'elles ne portaient même pas de combinaisons spatiales. Qui étaient ces gens et d'où venaient-ils ? Et cette grande chose diabolique, camouflée en lit à deux places, qu'est-ce que cela pouvait bien être ? Le président avait dit qu'il s'agissait d'une bombe et il avait probablement raison. Qu'allaient-ils en faire ? À travers l'Amérique, le Canada, la Russie, le Japon, l'Inde, la Chine, l'Afrique, l'Angleterre, la France, l'Allemagne et partout ailleurs dans le monde, une sorte de panique commença à s'emparer des téléspectateurs.

– Restez à distance, Showler, ordonna le président dans la radio.

– Pour sûr, monsieur le président, répondit Shanks. Pour sûr.

3
L'arrimage

Dans le grand ascenseur de verre, tout le monde était aussi très excité, Charlie, Mr Wonka et les autres apercevaient nettement l'énorme forme argentée du *Space Hotel USA* à environ un mile au-dessus d'eux. Au-dessous se trouvait la capsule qui transportait le personnel, plus petite mais quand même de dimension considérable. Le grand ascenseur de verre (qui ne paraissait d'ailleurs pas si grand entre ces deux monstres !) était au milieu. Bien sûr, ils savaient tous très bien ce qui se passait, même grand-maman Joséphine. Ils savaient même que les trois pilotes de la capsule s'appelaient Shuckworth, Shanks et Showler. Le monde entier le savait. Les journaux et la télévision n'avaient pratiquement parlé que de cela durant les six derniers mois. L'opération *Space Hotel USA* était l'événement du siècle.

–Quelle chance ! s'écria Mr Wonka, nous sommes

tombés pile sur le plus grand événement spatial de tous les temps !

– Nous sommes tombés pile dans un joli pétrin, oui ! dit grand-maman Joséphine. Ramenez-nous à terre tout de suite !

– Non, grand-maman, dit Charlie. Assistons à l'arrimage de la capsule et de l'hôtel spatial !

Mr Wonka voleta jusqu'à Charlie.

– Battons-les sur leur propre terrain, Charlie, chuchota-t-il. Arrivons les premiers et montons à bord du *Space Hotel !*

Charlie resta bouche bée de stupeur. Puis il dit à voix basse :

– C'est impossible. Il faut plein de gadgets spéciaux pour arrimer un autre vaisseau spatial, Mr Wonka.

– Mon ascenseur pourrait arrimer un alligator, si l'occasion se présentait, dit Mr Wonka. Laisse-moi faire, mon garçon !

– Grand-papa Joe ! s'écria Charlie. Tu as entendu ? Nous allons nous accrocher au *Space Hotel* et monter à bord !

– Yippeeee ! hurla grand-papa Joe. Idée géniale, monsieur ! Idée renversante !

Il attrapa la main de Mr Wonka et se mit à la secouer comme un thermomètre.

– Calmez-vous, vieille chauve-souris fêlée ! intervint grand-maman Joséphine. Nous patinons déjà dans la choucroute ! Je veux revenir chez moi !

– Moi aussi ! dit grand-maman Georgina.

– Mais s'ils nous poursuivent ? demanda Mr Bucket qui ouvrait la bouche pour la première fois.

– Mais s'ils nous capturent ? demanda Mrs Bucket.

– Mais s'ils nous tirent dessus ? demanda grand-maman Georgina.

– Mais si ma barbe était en rhubarbe ! s'écria Mr Wonka. On ne ferait jamais rien si on se demandait tout le temps : mais si ? mais si ? Est-ce que Christophe Colomb aurait découvert l'Amérique s'il s'était dit : mais si je coule en chemin ? Mais si je rencontre des pirates ? Mais si je ne reviens jamais ? Il ne serait même pas parti ! Ici, nous n'avons pas besoin de « mais si ? mais si ? », pas vrai, Charlie ? Allez, on y va ! Attention... Je dois effectuer une manœuvre très difficile et il faut qu'on m'aide. Il faut appuyer sur des boutons situés à trois endroits différents de l'ascenseur. Je prendrai ces deux-là, le blanc et le noir.

Pouf ! Pouf ! Mr Wonka souffla légèrement et glissa comme un énorme oiseau jusqu'aux boutons blanc et noir.

– Monsieur grand-papa Joe, mettez-vous à côté de ce bouton argenté, là... oui, c'est le bon. Et toi, Charlie, approche-toi de ce petit bouton doré, près du plafond. Chacun de ces boutons allume des fusées à l'extérieur de l'ascenseur. C'est grâce à elles que nous changeons de direction. Les fusées de grand-papa nous font virer à tribord, à droite. Celles

de Charlie nous font virer à bâbord, à gauche. Et avec les miennes, nous allons plus haut, plus bas, plus vite ou plus lentement. Vous êtes prêts ?

– Non, attendez ! s'écria Charlie qui flottait entre le plancher et le plafond. Je n'arrive pas à monter !

Il battait frénétiquement des bras et des jambes mais restait sur place comme quelqu'un qui se noie.

– Mon cher enfant, dit Mr Wonka, tu ne peux pas nager dans ce machin. Ce n'est pas de l'eau, c'est de l'air, un air très léger. Rien ne te fait avancer. Tu dois donc te propulser toi-même. Regarde-moi bien. D'abord, tu respires à fond, puis tu arrondis ta bouche et tu souffles de toutes tes forces. Si tu souffles vers le bas, tu montes. Si tu souffles vers la gauche, tu vas à droite et ainsi de suite. Tu te diriges comme un vaisseau spatial, en te servant de ta bouche comme réacteur.

Soudain, ils se mirent tous à s'exercer et, bientôt, dans l'ascenseur, on n'entendit plus que souffler et renifler. Grand-maman Georgina, dans sa chemise de nuit en flanelle rouge, avec ses jambes squelettiques qui dépassaient, barrissait et crachait comme un rhinocéros. Elle volait d'un côté, de l'autre, en hurlant : « Écartez-vous ! Écartez-vous ! », et elle chargeait à fond de train les pauvres Mr et Mrs Bucket. Grand-papa Georges et grand-maman Georgina faisaient de même. Vous imaginez ce que devaient penser les millions de gens qui suivaient cet extravagant spectacle, à la télévision ! Bien sûr, l'image était un peu floue. Le grand ascenseur de verre n'était pas plus grand qu'un pamplemousse et les passagers guère plus gros que des pépins. Malgré tout, les téléspectateurs les voyaient s'agiter comme des insectes dans une boîte en verre.

– Que diable fabriquent-ils ? s'écria le président des États-Unis, les yeux braqués sur son écran.

– On dirait une danse guerrière, monsieur le président, répondit l'astronaute Showler à la radio.

– Vous voulez dire que ce sont des Peaux-Rouges ! s'exclama le président.

– Je n'ai pas dit ça, monsieur.

– Oh, si, Showler.

– Oh, non, monsieur le président.

– Silence ! dit le président. Vous m'embrouillez.

Dans l'ascenseur, Mr Wonka répétait :

– S'il vous plaît ! S'il vous plaît ! Arrêtez de

voler ! Calmez-vous ! Sinon, nous ne pourrons pas arrimer.

– J'en ai marre de ce vieux homard ! dit grand-maman Georgina en passant près de lui. Juste au moment où on commençait à s'amuser un peu, il veut qu'on s'arrête !

– Eh, regardez-moi ! brailla grand-maman Joséphine. Je vole ! Je suis l'épervier royal !

– Je vole plus vite que vous tous ! cria grand-papa Georges en tourbillonnant, sa chemise de nuit ondoyant derrière lui comme la queue d'un perroquet.

– S'il te plaît, grand-papa Georges, calme-toi ! supplia Charlie. Si on ne se dépêche pas, ces astronautes vont arriver avant nous. Vous n'avez pas envie de visiter le *Space Hotel* ?

– Écartez-vous ! hurlait grand-maman Georgina qui allait et venait en soufflant. Je suis un jumbo-jet !

– Vous êtes une vieille chauve-souris fêlée, oui ! dit Mr Wonka.

À la fin, les trois vieux se sentirent tout à coup très las, à bout de souffle, et ils se mirent à flotter tranquillement sur place.

– Charlie ! Grand-papa Joe ! Êtes-vous prêts ? demanda Mr Wonka.

– Prêts, Mr Wonka, répondit Charlie qui planait au plafond.

– Je suis le pilote, déclara Mr Wonka. C'est moi

qui commande. Ne lancez pas les fusées avant que je ne l'ordonne. Et n'oubliez pas vos rôles. Charlie bâbord, grand-papa Joe tribord.

Mr Wonka appuya sur l'un de ses deux boutons. Aussitôt, des fusées s'allumèrent sous le grand ascenseur de verre qui bondit en avant mais se déporta violemment vers la droite.

– Bâbord ! cria Mr Wonka.

Charlie appuya sur son bouton. Ses fusées s'allumèrent. L'ascenseur se remit en ligne droite.

– Ne bougez pas ! ordonna Mr Wonka. Dix degrés à tribord !... Ne bougez pas !... Ne bougez pas !... Ça va !

Bientôt, ils planaient exactement au-dessous de la queue argentée de l'énorme hôtel spatial.

– Vous voyez cette petite porte carrée avec ces manettes ? dit Mr Wonka. C'est pour l'arrimage. On n'en a plus pour très longtemps... Un peu à bâbord !... Stop !... Un peu à tribord !... Bien... Bien... Ça va... Nous y sommes presque...

Charlie avait comme l'impression de se trouver dans un minuscule canoë, à l'arrière du plus grand vaisseau du monde. Le *Space Hotel* les dominait de sa taille gigantesque.

« À quoi ça ressemble, à l'intérieur ? songeait Charlie. Qu'il me tarde d'y entrer... »

4
Le président

À un demi-mile de là, Shuckworth, Shanks et Showler braquaient sans relâche leur caméra sur l'ascenseur de verre. Et, dans le monde entier, des millions et des millions de gens, devant leur télévision, regardaient avec angoisse le drame qui se jouait à deux cent quarante miles au-dessus de la Terre. Dans son bureau, à la Maison-Blanche, siégeait Lancelot R. Gilligrass, le président des États-Unis d'Amérique, l'homme le plus puissant de la planète. À l'occasion de cette crise, il avait convoqué ses meilleurs conseillers et, à présent, ceux-ci suivaient attentivement, sur un écran de télévision géant, chaque mouvement de l'inquiétante capsule en verre et des huit desperados de l'espace. L'état-major était réuni au grand complet. Il y avait le chef de l'armée de terre, avec quatre généraux, le chef de la marine, le chef de l'armée de l'air et le meilleur ami du président, un avaleur de sabres d'Afghanistan. Au milieu de la pièce, le conseiller financier essayait en vain de faire tenir le budget en

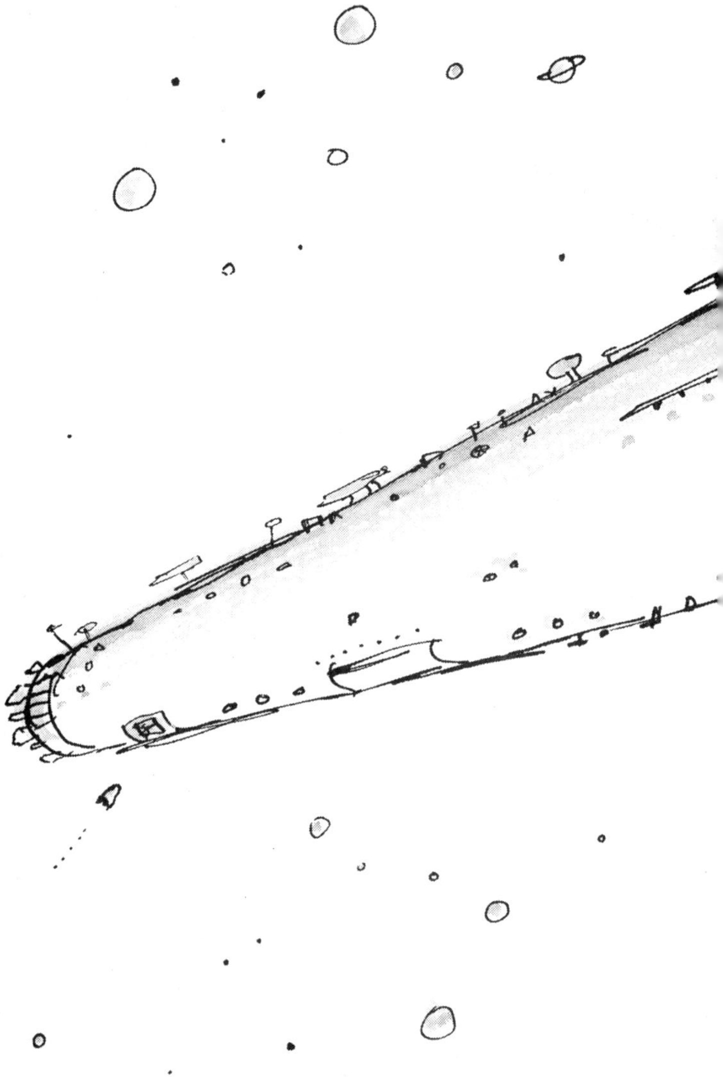

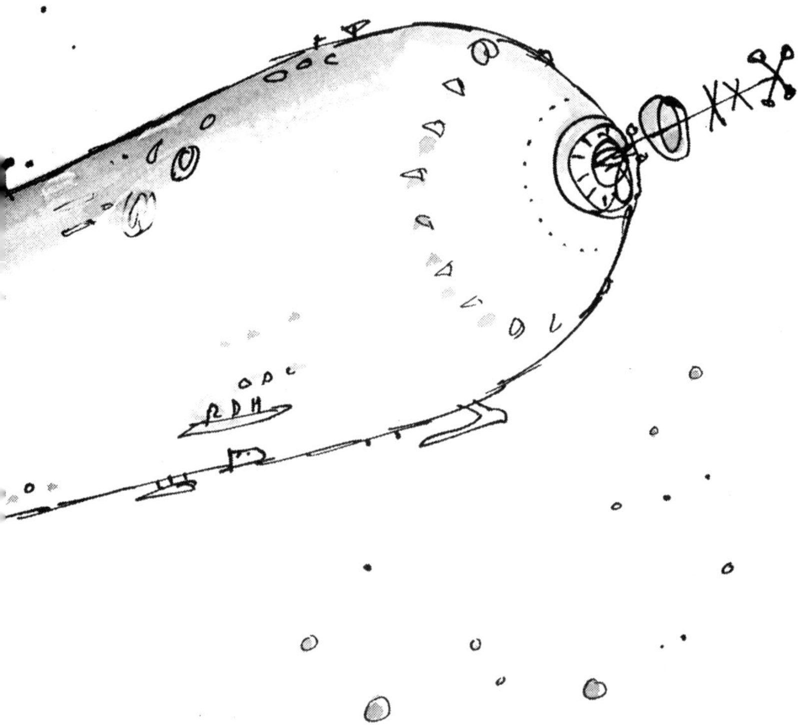

équilibre sur le sommet de sa tête. Et tout près du président se tenait la vice-présidente, une énorme femme de quatre-vingt-neuf ans, avec du poil au menton. Elle avait été la nourrice du président, dont elle était maintenant l'éminence grise, et elle s'appelait Miss Tibbs. Elle ne tolérait pas la moindre bêtise. On racontait qu'elle se montrait aussi sévère avec le président que lorsqu'il était petit.

C'était la terreur de la Maison-Blanche, et le chef des services secrets en personne claquait des dents quand elle le convoquait. Seul le président avait le droit de l'appeler Nounou. Dans la pièce se trouvait également la célèbre chatte du président, Mrs Taubsypuss.

Pour l'instant, le plus grand silence régnait dans le bureau. Tous les yeux étaient rivés sur l'écran de télé, tandis que le petit objet de verre, fusées allumées, glissait doucement derrière le gigantesque *Space Hotel*.

– Ils vont arrimer ! hurla le président. Ils vont aborder l'hôtel !

– Ils vont le faire sauter ! s'écria le chef de l'armée de terre. Faisons-les d'abord sauter, eux ! Crac, boum, patatras, pan pan pan !

Le chef de l'armée de terre portait tant de médailles qu'elles lui recouvraient entièrement la poitrine et descendaient même le long de ses pantalons.

– Allons, monsieur le président, continua-t-il, et qu'ça saute ! Et qu'ça saute !

– Silence, petit crétin ! dit Miss Tibbs.

Aussitôt, le chef de l'armée de terre alla se retirer, tout penaud, dans un coin.

– Écoutez, reprit le président, le problème est le suivant : qui sont ces gens et d'où viennent-ils ? Où est l'espion en chef ?

– Me voici, monsieur le président, dit l'espion en chef.

Il avait une fausse moustache, une fausse barbe, des faux cils, de fausses dents et une voix de fausset.

– Toc toc ! dit le président.

– Qui est là ? demanda l'espion en chef.
– Courteney.
– Courteney qui ?
– Vous avez déjà un Courteney ? fit le président.
Il y eut un moment de silence.
– Le président vous a posé une question, dit Miss Tibbs d'une voix glaciale. Avez-vous déjà un Courteney ?

– Non, madame, non, répondit l'espion en chef, soudain nerveux.

– Eh bien, vous avez de la chance ! gronda Miss Tibbs.

– Parfait, fit le président. Dites-moi immédiatement qui sont ces gens dans la capsule en verre.

– Ah, ah, dit l'espion en chef en tortillant sa fausse moustache. C'est une question fort difficile.

– Vous ne le savez pas ?

– Si, je le sais, monsieur le président. Enfin, je crois le savoir. Nous venons de lancer le plus bel hôtel du monde. Exact ?

– Exact.

– Et qui est férocement jaloux de notre merveilleux hôtel, au point de vouloir le faire sauter ?

– Miss Tibbs, répondit le président.

– Faux, dit l'espion en chef. Une autre réponse.

– Eh bien, dit le président en se raclant la cervelle, dans ce cas-là, peut-être qu'un autre propriétaire d'hôtel jalouse le nôtre ?

– Génial ! s'écria l'espion en chef. Continuez, monsieur, vous chauffez !

– Mr Savoy, dit le président.

– Vous chauffez, vous chauffez !

– Mr Ritz !

– Vous chauffez ! Vous brûlez ! Continuez !

– J'ai trouvé ! cria le président. Mr Hilton !

– Bravo, monsieur ! dit l'espion en chef.

– Vous êtes sûr que c'est lui ?

– Pas sûr, mais c'est très probable, monsieur le président. Après tout, Mr Hilton a des hôtels partout dans le monde, mais pas dans l'espace. Nous, si. Il doit être jaloux comme un jars.

– Par mon chewing-gum ! On va arranger ça ! trancha le président en attrapant l'un des onze téléphones de son bureau. Allô ? Allô, allô, allô ? Où est le standard ?

Il pressa désespérément le petit bouton sur lequel on appuie quand on veut le standard.

– Allô, le standard ?

– On ne vous répondra pas, dit Miss Tibbs. Ils regardent tous la télévision.

– Alors, celui-ci répondra ! dit le président en décrochant un téléphone rouge vif. C'était la ligne directe qui le reliait au secrétaire général de l'Union soviétique, à Moscou. Elle était toujours libre, et on ne s'en servait qu'en cas d'extrême urgence.

– Ça peut aussi bien être les Russes que Mr Hilton, continua le président. Êtes-vous d'accord, Nounou ?

– Ce sont obligatoirement les Russes, affirma Miss Tibbs.

– Balépatine à l'appareil, dit la voix en provenance de Moscou. Qu'y a-t-il, monsieur le président ?

– Toc, toc, fit le président.

– Qui est là ? demanda le secrétaire général.
– Guerret.
– Guerret quoi ?
– *Guerre et Paix* de Léon Tolstoï, dit le président. Écoutez-moi, Balépatine. Je veux que vous éloigniez vos astronautes de notre hôtel spatial. Sinon, vous allez voir ce que vous allez voir !
– Ces astronautes ne sont pas russes, monsieur le président.
– Il ment, dit Miss Tibbs.
– Vous mentez, répéta le président.
– Je ne mens pas, dit Balépatine. Avez-vous regardé de près ces astronautes, dans leur boîte en verre ? Je ne les vois pas très bien sur mon écran, mais l'un d'entre eux, le petit à barbiche et en haut-de-forme, a exactement l'air d'un Chinois. En fait, il me rappelle étrangement mon ami le Premier ministre de Chine populaire…
– Quel fourbi ! s'écria le président en raccrochant le téléphone rouge et en décrochant celui de porcelaine qui le reliait directement à la présidence de la République populaire de Chine, à Pékin.
– Allô, allô, allô, dit le président.
– Boutique de légumes et d'ailerons de requins à Shanghai, dit une petite voix dans le lointain. Mr Wing à l'appareil.
– Nounou ! s'exclama le président en raccrochant bruyamment le téléphone, je croyais que c'était la ligne de la présidence.

– C'est ça, dit Miss Tibbs. Essayez encore.

Le président décrocha une nouvelle fois le récepteur.

– Allô, hurla-t-il.

– Mr Wong à l'appareil, dit une voix à l'autre bout.

– Qui ? vociféra le président.

– Mr Wong, sous-chef de gare à Chungking. Si c'est au sujet du train de 10 heures, il n'y en a pas aujourd'hui. La chaudière a éclaté.

Le président jeta le téléphone au général des transmissions, qui le reçut en plein dans l'estomac.

– Qu'est-ce qui se passe ? hurla le président.

– C'est très difficile de téléphoner en Chine, monsieur le président, dit le général des transmissions. Il y a plein de Wing et de Wong dans le pays et, quand on veut obtenir un Wing, on a un Wong.

– En effet, dit le président.

Le général des transmissions replaça le téléphone sur le bureau.

– Essayez encore, monsieur le président, je vous en prie. J'ai serré les écrous, en dessous.

Le président décrocha à nouveau le récepteur.

– Mes compliments, honorable président, dit une voix douce, au loin. Chou-In-Gom, vice-Premier ministre à l'appareil. Que puis-je faire pour vous ?

– Toc, toc, dit le président.

– Qui est là ?

– Attention.

– Attention quoi ?

– Attention vous-même quand vous tombez de la Grande Muraille de Chine, dit le président. OK, Chou-In-Gom, je voudrais parler au Premier ministre Ko-Mao-Sava.

– Tous mes regrets, Ko-Mao-Sava n'est pas là pour l'instant, monsieur le président.

– Où est-il ?

– Dehors. Il répare son vélo qui a crevé.

– Oh, non ! Ne me racontez pas d'histoires, vieux mandarin matois ! Il est en train d'aborder notre magnifique *Space Hotel* avec sept autres canailles, pour le faire sauter !

– Je vous prie de m'excuser, monsieur le président, mais vous vous trompez lourdement.

– Je ne me trompe pas ! aboya le président. Et si vous ne les rappelez pas immédiatement, je vais dire au chef de l'armée de terre de les faire tous sauter. Mâchez-moi ça, Chou-In-Gom !

– Hourra ! dit le chef de l'armée de terre. Et qu'ça saute ! Et qu'ça saute ! Bang, bang, bang !

– Silence ! glapit Miss Tibbs.

– J'y suis arrivé ! s'écria le conseiller financier. Regardez-moi ! J'ai équilibré le budget !

En effet. Il se tenait au milieu de la pièce, avec l'énorme budget de deux cents billions de dollars splendidement en équilibre sur le sommet de son crâne chauve. Tout le monde applaudit. Puis, soudain, la voix de l'astronaute Shuckworth fit irruption dans le haut-parleur de la radio.

– Ils ont arrimé ! Ils sont à bord ! hurlait-il. Et ils ont emmené le lit... c'est-à-dire la bombe !

Le président ouvrit la bouche pour prendre sa respiration et il aspira une grosse mouche qui passait par là inopinément. Il faillit s'étouffer. Miss Tibbs lui tapa dans le dos. Il avala la mouche et se sentit mieux. Mais il était furieux. Il saisit un crayon et du papier et se mit à faire un dessin. Tout en dessinant, il marmonnait : « Je ne veux plus de mouches dans mon bureau ! Je ne tolérerai plus une seule mouche ! »

Ses conseillers attendaient anxieusement. Ils savaient que le grand homme allait encore livrer au monde une de ses brillantes inventions. La dernière avait été le tire-bouchon pour gauchers Gilligrass que les gauchers du pays avaient accueilli comme la bénédiction du siècle.

– Ça y est ! dit le président en brandissant sa feuille de papier. Voici le brevet du piège à mouches Gilligrass !

Tous firent cercle autour de lui.

– La mouche grimpe à l'échelle par le côté gauche, commença le président. Elle marche sur la planche, s'arrête. Elle renifle. Elle hume quelque chose d'agréable. Elle regarde par-dessus bord et voit le morceau de sucre. « Ah, ah ! s'écrie-t-elle, du sucre ! » Elle va descendre le long de la ficelle pour l'attraper quand elle aperçoit le baquet d'eau en dessous. « Oh, oh ! dit-elle, un piège ! On espère que je vais y tomber ! » Alors, elle continue à marcher, en pensant qu'elle est joliment futée. Mais, comme vous le constatez, il manque un barreau à l'échelle de droite, par où elle va redescendre. Soudain, elle tombe et se rompt le cou.

– Colossal, monsieur le président ! crièrent-ils tous en chœur. Fantastique ! Un coup de génie !

– J'en commande tout de suite cent mille pour l'armée, dit le chef de l'armée de terre.

– Merci, dit le président en notant soigneusement la commande.

– Je répète, reprit la voix désespérée de Shuckworth dans le haut-parleur. Ils ont abordé et emmené la bombe !

– Restez à distance, ordonna le président. Pas question de faire sauter vos hommes !

Et maintenant, dans le monde entier, des millions de téléspectateurs attendaient plus anxieusement que jamais devant leurs téléviseurs. Les images, de couleurs violentes, montraient la sinistre petite boîte en verre bien arrimée sous le gigantesque hôtel spatial. On aurait dit un minuscule bébé animal accroché au ventre de sa mère. Et quand la caméra fit un zoom, des millions de téléspectateurs virent nettement que la boîte était vide. Les huit desperados avaient grimpé dans le *Space Hotel* en emportant la bombe !

5
Les Martiens

À l'intérieur du *Space Hotel*, on n'était pas en apesanteur, grâce à la machine à fabriquer de la gravité. Après leur arrimage triomphal, Mr Wonka, Charlie, grand-papa Joe, Mr et Mrs Bucket purent sortir du grand ascenseur de verre et entrer dans le hall de l'hôtel sur leurs deux jambes. Quant à grand-papa Georges, grand-maman Georgina et grand-maman Joséphine, aucun d'entre eux n'avait posé les pieds par terre depuis plus de vingt ans, et ce n'était certainement pas maintenant qu'ils allaient changer leurs habitudes. Aussi, lorsqu'ils s'arrêtèrent de flotter, ils tombèrent tous les trois pile sur les couvertures, et insistèrent pour qu'on les pousse, avec le lit, dans le *Space Hotel.*

Charlie regardait bouche bée le hall gigantesque. Un épais tapis vert recouvrait le sol.

Vingt énormes chandeliers scintillants pendaient du plafond. Les murs disparaissaient presque sous les tableaux de valeur, et il y avait partout de grands fauteuils moelleux. À l'autre bout de la pièce se trouvaient les portes de cinq ascenseurs. Le groupe contemplait tout ce luxe en silence. Personne n'osait parler. Mr Wonka les avait avertis que chaque mot prononcé pouvait être intercepté par la tour de contrôle à Houston, aussi devaient-ils faire attention. On entendait un faible bourdonnement, sous le plancher, ce qui rendait le silence encore plus inquiétant. Charlie prit la main de grand-papa Joe et la serra fort. Il n'aimait pas tellement cet endroit. Ils avaient pénétré par effraction dans une propriété du gouvernement des États-Unis, le plus grand engin spatial jamais construit par l'homme. S'ils étaient découverts, capturés, ce qui ne manquerait pas de se produire, que leur arriverait-il ? La prison à vie ? Oui, la prison, ou pire encore…

Mr Wonka écrivit sur un petit bloc-notes qu'il brandit : AVEZ-VOUS FAIM ?

Les trois vieux grabataires firent oui de la tête en agitant les bras, ouvrant et fermant leur bouches. Mr Wonka tourna la feuille de papier côté verso. On pouvait lire : DANS LES CUISINES DE CET HÔTEL, IL Y A PLEIN DE NOURRITURE SUCCULENTE, DES HOMARDS, DES STEAKS, DES GLACES À LA CRÈME. NOUS ALLONS FAIRE LE FESTIN LE PLUS FABULEUX DE NOTRE VIE !

Soudain, une voix formidable surgit d'un haut-parleur caché dans la pièce.

« ATTENTION ! » tonna la voix.

Charlie sursauta. Grand-papa Joe aussi. Tout le monde sursauta, même Mr Wonka.

« ATTENTION À VOUS, ASTRONAUTES ÉTRANGERS ! ICI LA TOUR DE CONTRÔLE À HOUSTON, TEXAS, USA ! VOUS AVEZ VIOLÉ UNE PROPRIÉTÉ AMÉRICAINE ! DONNEZ IMMÉDIATEMENT VOTRE IDENTITÉ ! RÉPONDEZ ! »

– Chut ! murmura Mr Wonka, un doigt sur les lèvres.

Suivirent quelques secondes d'un horrible silence. Personne ne bougeait, sauf Mr Wonka qui répétait : « Chut ! Chut ! »

« QUI... ÊTES... VOUS ? gronda la voix de Houston que le monde entier entendait. JE RÉPÈTE... QUI... ÊTES... VOUS ? » hurlait la voix, insistante et féroce.

Cinq cents millions de personnes, installées devant leurs téléviseurs, attendaient que les mystérieux étrangers parlent. La télévision ne pouvait pas retransmettre leur image, car il n'y avait pas de caméra à l'intérieur du *Space Hotel* pour filmer la scène. Seul le son leur parvenait. Les téléspectateurs ne voyaient que l'extérieur du gigantesque hôtel en orbite, photographié évidemment par Shuckworth, Shanks et Showler. Pendant une demi-minute, le monde entier attendit la réponse.

Mais cette réponse ne vint pas.

« PARLEZ ! PARLEZ ! PARLEZ ! PARLEZ ! » rugit la voix, de plus en plus fort. À la fin, elle n'était plus qu'un effrayant hurlement, à crever les tympans de Charlie.

Grand-maman Georgina se fourra sous les draps, grand-maman Joséphine se boucha les oreilles, grand-papa Georges enfouit sa tête sous l'oreiller. Mr et Mrs Bucket étaient une fois de plus dans les bras l'un de l'autre. Charlie serra fort la main de grand-papa Joe. Tous les deux fixaient Mr Wonka, le suppliant du regard de faire quelque chose. Mr Wonka restait immobile et, malgré le calme de son visage, on pouvait être certain que son cerveau habile et fertile tournait comme une toupie.

« C'EST VOTRE DERNIÈRE CHANCE ! vocifèra la voix. ENCORE UNE FOIS… QUI… ÊTES… VOUS ? RÉPONDEZ IMMÉDIATEMENT ! SI VOUS NE RÉPONDEZ PAS, NOUS SERONS OBLIGÉS DE VOUS CONSIDÉRER COMME DE DANGEREUX ENNEMIS. NOUS APPUIERONS SUR LE BOUTON DU CONGÉLATEUR DE SECOURS, ET LA TEMPÉRATURE DU SPACE HOTEL TOMBERA À CENT DEGRÉS AU-DESSOUS DE ZÉRO. VOUS SEREZ REFROIDIS EN UN CLIN D'ŒIL. VOUS AVEZ QUINZE SECONDES POUR PARLER. APRÈS ÇA, VOUS SEREZ CHANGÉS EN GLAÇONS… UN… DEUX… TROIS… »

– Grand-papa ! chuchota Charlie tandis que la voix continuait à compter, on doit faire quelque chose ! Vite !

« SIX… SEPT !… HUIT !… NEUF !… »

Mr Wonka n'avait pas bougé. Il regardait toujours

droit devant lui, très calme, parfaitement impassible. Charlie et grand-papa Joe le regardaient avec horreur. Puis, tout à coup, ils virent les ridules frémissantes d'un sourire apparaître aux coins de ses yeux. Il renaissait. Il virevolta sur ses talons, fit quelques pas en sautillant et poussa une sorte de cri dément et inhumain : « FIMBO FEEZ ! »

La voix dans le haut-parleur arrêta de compter. Ce fut le silence. Le monde entier se tut.

Les yeux de Charlie étaient braqués sur Mr Wonka. Il allait se remettre à parler. Il inspira profondément et hurla : « BUNGO BUNI ! »

Il avait crié si fort qu'il s'était soulevé sur la pointe des pieds.

« BUNGO BUNI
DAFU DUNI
VOU LUNI »

Encore le silence.

Puis Mr Wonka recommença. Cette fois les mots jaillirent à toute vitesse, avec la force et la violence de boulets de canon.

« ZOONK-ZOONK-ZOONK-ZOONK ! » aboya-t-il. Son cri résonna en écho dans le *Space Hotel*. Et l'écho fut entendu dans le monde entier.

Mr Wonka se tourna du côté d'où venait la voix dans le haut-parleur, au bout du hall. Il se rapprocha de quelques pas, comme quelqu'un qui désire bavarder de façon plus intime avec son public. Et, cette fois-ci, il parla plus lentement, sur un ton plus mesuré, mais chaque syllabe prononcée avait quelque chose de métallique :

« KIRASOUKOU MALIBOUKOU
NOUSAGE VOUTOUFOU !
ALIPENDA KAKAMENDA
PANTZ FORLDUN OVNI SUSPENDA

FUIKIKAR KANDERIKAR
NOUFORTAR VOUFAIBLAR !

KATIKATI LUNET STARS
FANTANISHA VÉNUS MARS ! »

Mr Wonka observa une pause dramatique pendant quelques secondes. Puis il respira profondément et, d'une voix féroce et terrifiante, hurla :

« KITIMBIBI ZOONK !
FIMBOLEEZI ZOONK !
GUGUMIZA ZOONK !
FUMIKAKA ZOONK !
ANAPOLALA ZOONK ZOONK ZOONK ! »

Ce fut comme une décharge électrique dans le monde entier. À la tour de contrôle, à Houston, à la

Maison-Blanche à Washington, dans les palais, dans les immeubles, dans les chalets, de l'Amérique à la Chine en passant par le Pérou, les cinq cents millions de personnes qui avaient entendu cette voix féroce et terrifiante vociférer ces paroles étranges et mystérieuses tremblèrent de peur devant leur téléviseur. Tous les gens se tournaient les uns vers les autres en demandant : « Qui sont-ils ? En quelle langue parlent-ils ? D'où viennent-ils ? »

Dans le bureau du président, à la Maison-Blanche, la vice-présidente Miss Tibbs, les membres du cabinet, les chefs de l'armée de terre, de la marine et des forces aériennes, l'avaleur de sabres d'Afghanistan, le conseiller financier en chef et la chatte Mrs Taubsypuss, tous étaient raidis par l'angoisse.

Mais le président, lui, gardait la tête froide et les idées claires.

– Nounou ! s'écria-t-il, oh, Nounou ! Qu'allons-nous faire ?

– Je vais vous apporter un bon verre de lait chaud, dit Miss Tibbs.

– J'ai horreur de ça, dit le président. Oh, s'il vous plaît, ne m'en donnez pas !

– Convoquons le chef interprète ! dit Miss Tibbs.

– Convoquons le chef interprète ! répéta le président. Où est-il ?

– Je suis là, monsieur le président, dit le chef interprète.

–Quelle langue parlait cette créature, dans le *Space Hotel* ? Répondez-moi vite ! De l'eskimo ?

–Non, pas de l'eskimo, monsieur le président.

–Ah... alors du tagalog ! Du tagalog ou de l'ugro ?

–Ni du tagalog ni de l'ugro, monsieur le président.

–Alors du tulu ? Du tungus ? Du tupi ?

–Certainement pas du tulu, monsieur le président. Et j'affirme que ce n'est pas non plus du tungus ni du tupi.

– Ne restez pas planté là à nous dire ce que ça n'est pas, espèce d'idiot ! ordonna Miss Tibbs. Dites-nous plutôt ce que c'est !

– Oui, mademoiselle la vice-présidente, dit le chef interprète. Croyez-moi, monsieur le président, il s'agit d'une langue que je n'ai jamais entendue.

– Je pensais que vous connaissiez toutes les langues.

– En effet, monsieur le président.

– Ne me racontez pas d'histoires, chef interprète ! Comment pouvez-vous connaître toutes les langues alors que vous ignorez celle-ci ?

– Ce n'est pas une langue connue, monsieur le président.

– Balivernes, crétin ! aboya Miss Tibbs. J'ai compris quelques bribes !

– Mademoiselle la vice-présidente, ces personnes ont de toute évidence essayé d'apprendre quelques mots de notre langue, quelques mots faciles, mais le reste fait partie d'une langue que je n'ai jamais entendue auparavant sur notre planète.

– Squelettiques scorpions ! s'écria le président. Vous voulez dire que ces gens pourraient venir de… de… d'une autre planète ?

– Précisément, monsieur le président.

– Par exemple ?

– Comment savoir ? N'avez-vous pas remarqué, monsieur le président, qu'ils ont parlé de Vénus et de Mars ?

– Bien sûr que j'ai remarqué, dit le président. Mais où est le rapport ?... Ah, je vois où vous voulez en venir ! Dieu me pardonne ! Des Martiens !

– Et des Vénusiens, ajouta le chef interprète.

– Ça, dit le président, ce sont des ennuis en perspective !

– Exactement ce que j'allais dire, approuva le chef interprète.

– Ce n'était pas à vous qu'il parlait, dit Miss Tibbs.

– Que faisons-nous, mon général ? demanda le président.

– Faisons-les sauter ! lança le général.

– Vous voulez toujours faire tout sauter, dit le président. Vous ne pouvez pas avoir une autre idée ?

– J'aime qu'ça saute ! cria le général. J'adore le bruit des explosions. Woomph ! Woomph !

– Ne faites pas l'idiot ! dit Miss Tibbs. Si vous faites sauter ces gens-là, Mars nous déclarera la guerre. Et Vénus avec !

– Très juste, Nounou, approuva le président. Nous serons tous farcis comme des dindes ! Passés à la moulinette !

– Je m'en occupe ! hurla le chef de l'armée de terre.

– Taisez-vous ! glapit Miss Tibbs. Vous êtes renvoyé !

– Hourra ! clamèrent les autres généraux. Bravo, mademoiselle la vice-présidente !

– Il faut traiter ces gens avec douceur, reprit Miss

Tibbs. L'extraterrestre qui vient de parler à l'instant semblait très en colère. Il faut nous montrer polis avec eux, les flatter, les contenter. Une invasion des Martiens serait bien la pire des choses qui pourrait nous arriver. Il faut que vous leur parliez, monsieur le président. Dites à Houston que nous voulons une liaison directe avec le *Space Hotel*. Et vite !

6
Invitation à la Maison-Blanche

« Le président des États-Unis va vous parler, maintenant ! » annonça la voix du haut-parleur, dans le hall du *Space Hotel*.

Grand-maman Georgina émergea avec précaution de sous les draps et glissa un œil furtif. Grand-maman Joséphine se déboucha les oreilles, et grand-papa Georges sortit la tête de son coussin.

– Il va vraiment nous parler ? murmura Charlie.

– Chut ! dit Mr Wonka. Écoute !

– Mes chers amis, commença la célèbre voix présidentielle, mes chers amis ! Bienvenue au *Space Hotel USA*. Salut aux vaillants astronautes de Mars et de Vénus…

– Mars et Vénus… chuchota Charlie, il croit qu'on vient…

– Chut ! Chut ! Chut ! ordonna Mr Wonka.

Il se tordait de rire en silence et sautait d'un pied sur l'autre.

– Vous avez fait un long voyage, continua le président. Un tout petit détour et vous pourriez en profiter pour nous rendre visite, sur notre modeste petite planète ? Je vous invite tous les huit à séjourner chez moi, ici, à Washington. Vous serez mes invités d'honneur. Vous pourrez faire atterrir votre merveilleuse machine volante sur la pelouse, derrière la Maison-Blanche. Le tapis rouge est déjà déroulé. J'espère que vous connaissez suffisamment notre langue pour me comprendre. J'attends votre réponse avec impatience.

Il y eut un déclic, et la voix du président s'arrêta.

– Fantastique ! murmura grand-papa Joe. La Maison-Blanche, Charlie ! Nous sommes invités à la Maison-Blanche ! Nous sommes les invités d'honneur !

Charlie prit la main de grand-papa Joe, et tous deux se mirent à danser dans le hall. Mr Wonka, qui se tordait toujours de rire, alla s'asseoir sur le lit et fit signe aux autres de s'approcher. Il ne fallait pas que les micros camouflés les entendent chuchoter.

– Ils sont morts de peur, souffla-t-il. Maintenant, ils ne nous embêteront plus. Faisons donc le festin dont nous avons parlé tout à l'heure et, après, allons explorer l'hôtel.

– Nous n'allons pas à la Maison-Blanche ? chuchota grand-maman Joséphine. Je veux aller à la Maison-Blanche habiter chez le président !

– Chère vieille boulette bouffonne, lui dit Mr

Wonka, vous ressemblez autant à une Martienne qu'à une punaise de lit ! Ils comprendront tout de suite que nous les avons roulés, et on nous arrêtera avant que nous ayons eu le temps de leur dire bonjour.

Mr Wonka avait raison. Il n'était pas question d'accepter l'invitation du président, tous le savaient.

– Mais il faut lui répondre, chuchota Charlie. En ce moment, il doit attendre la réponse, à la Maison-Blanche.

– Donnez une excuse, dit Mr Bucket.

– Dites que nous avons d'autres obligations, ajouta Mrs Bucket.

– Vous avez raison, chuchota Mr Wonka. C'est grossier de ne pas répondre à une invitation.

Il se leva, fit quelques pas. Il resta un moment sans bouger, rassemblant ses idées. Charlie aperçut encore les ridules frémissantes au coin de ses yeux.

Mr Wonka se mit à parler d'une voix grave, diabolique, très forte, très lente, comme celle d'un géant.

Dans le marécage touffeux tourbeux,
Au Pays Âpre, laideux hideux,
À l'heure sorcière de mélancolite,
Les grobes retournent chez eux en suintite.
On les entend gluanter doucement,
Gliscintiller, siffler dans les taudiscules,
Tous ces corps huileux bouillonnants,
Suintant dans le crépiscule.

Allez, courez ! Oh, glissez, sultez,
Dans les taudiscules bourbeux et fangeonds !
Gambadez bondissez sautez, pateauchez !
Tous les grobes sont vagabonds !

Dans son bureau, à deux cent quarante miles au-dessous, le président était devenu blanc comme la Maison-Blanche.

– Par le lapin des magiciens ! s'écria-t-il. Ils vont nous envahir !

– Oh, je voudrais tant les faire sauter ! dit l'ex-chef de l'armée de terre.

– Silence ! glapit Miss Tibbs. Restez au coin !

Dans le hall du *Space Hotel*, Mr Wonka s'était tout bonnement arrêté pour réfléchir à une autre strophe et il allait en commencer une lorsqu'un cri perçant et terrifiant l'arrêta. C'était grand-maman Joséphine. Elle s'était dressée dans le lit et montrait d'un doigt tremblant les ascenseurs, à l'autre bout du hall. Elle cria une deuxième fois, le doigt toujours pointé, et tous les regards se tournèrent vers les ascenseurs. La porte de celui de gauche s'était ouverte et on vit nettement qu'il y avait une chose… une chose énorme… une chose brune… pas exactement brune mais brun verdâtre… une chose à la peau visqueuse et aux grands yeux… tapie dans l'ascenseur !

7
D'horribles créatures dans les ascenseurs

Grand-maman Joséphine s'était arrêtée de crier. Le choc l'avait comme changée en pierre. Les autres aussi, y compris Charlie et grand-papa Joe. Quant à Mr Wonka, qui s'était aussitôt retourné au premier cri, il fixait la « chose » de l'ascenseur, la bouche ouverte, les yeux écarquillés, pétrifié. Personne n'osait bouger. C'est à peine s'ils osaient respirer. Voici ce qu'ils voyaient :

Cela ressemblait avant tout à un œuf énorme, en équilibre sur son bout allongé. C'était de la hauteur d'un grand garçon et encore plus gros que le plus gros des hommes. La peau brun verdâtre, toute ridée, avait un aspect visqueux et luisant. Il y avait deux grands yeux ronds comme des soucoupes aux trois quarts de la hauteur, à l'endroit le plus large. Ces yeux étaient blancs mais avec une pupille rouge et brillante. Les pupilles rouges étaient posées sur Mr Wonka. Puis elles passèrent lentement sur Charlie, sur grand-papa Joe et sur les autres, en les fixant d'un regard froid et malveillant. Il n'y avait pas d'autres traits, pas de nez, pas de bouche, pas d'oreilles, rien que des yeux. Tout ce corps ovoïde bougeait très légèrement, palpitant et tressautant doucement, comme s'il était rempli d'un liquide visqueux.

À ce moment-là, Charlie remarqua que l'ascenseur voisin descendait. Les chiffres du tableau lumineux au-dessus de la porte clignotaient… 6… 5… 4… 3… 2… 1… H (pour hall). Il y eut un bref arrêt. La porte glissa sur ses gonds et là, dans le deuxième ascenseur, se trouvait un autre ovoïde brun verdâtre, gluant, ridé, pourvu d'yeux. À présent, les chiffres clignotaient au-dessus des trois derniers ascenseurs. Ils descendaient… descendaient… descendaient… Et bientôt, ils atteignirent le hall exactement au même instant et les portes s'ouvrirent… Cinq portes ouvertes… Une créature à chacune… cinq en tout… cinq paires d'yeux avec des pupilles rouges et brillantes observant toutes Mr Wonka, Charlie, grand-papa Joe et les autres.

Ces ovoïdes avaient de légères différences de taille et de forme, mais ils avaient tous la même peau ridée brun verdâtre qui palpitait et ondulait.

Pendant environ trente secondes, rien ne se passa. Personne ne bougeait, personne ne faisait de bruit. Le silence était horrible, l'attente terrifiante. Charlie avait si peur qu'il sentait son corps se rétrécir. Soudain, il vit la créature de l'ascenseur de gauche commencer à changer de forme ! Elle s'allongeait, s'amincissait et s'élevait vers le plafond. Puis celle de l'ascenseur voisin s'étira aussi. Ensuite, au même moment, les trois autres s'allongèrent lentement vers le haut, se bouclant, se courbant, se tortillant, se balançant sur la queue… Lorsqu'elles eurent fini leurs transformations, voici ce que cela donnait :

– OUSTE ! hurla Mr Wonka. Sortons vite !

Personne ne courut jamais aussi vite que grand-papa Joe, Charlie et Mr et Mrs Bucket à cet instant précis. Ils coururent en poussant le lit comme des fous. Mr Wonka galopait devant eux en hurlant : « Ouste ! Ouste ! Ouste ! » En dix secondes, ils sortirent du hall et se retrouvèrent dans le grand ascenseur de verre. Mr Wonka poussa les verrous et appuya fébrilement sur les boutons. La porte du grand ascenseur de verre se ferma en claquant, et l'engin tout entier fit un bond sur le côté. Enfin repartis ! Et, bien sûr, tous, y compris les trois vieux grabataires, se remirent à flotter.

8
Les Kpoux Vermicieux

– Ô grands dieux ! haletait Mr Wonka. Ô grands pantalons suprêmes ! Ô suprême de volailles ! Ô mes oies caquetantes !

Il flotta jusqu'au bouton blanc et appuya dessus. Les fusées s'allumèrent.

L'ascenseur fila si vite que le *Space Hotel* disparut en un rien de temps.

– Quelle horreur ! Qu'est-ce que c'était ? demanda Charlie.

– Comment ! Tu ne le savais pas ? s'écria Mr Wonka. Eh bien, tant mieux pour toi ! Si tu avais eu la moindre idée de ce qui t'attendait, tu en aurais perdu la moelle ! Tu aurais été pétrifié de terreur, cloué au sol. Alors, ils t'auraient capturé ! Ils t'auraient cuit comme un concombre, râpé en mille petits morceaux, passé à la moulinette comme du gruyère, transformé en flocons ! Avec tes articulations, ils auraient fait des colliers et avec tes dents des bracelets ! Parce que ces êtres, cher petit ignorant, sont les bêtes les plus méchantes, les plus vindicatives, les plus venimeuses, les plus meurtrières de tout l'univers.

Ici, Mr Wonka s'arrêta et passa le bout de sa langue sur ses lèvres.

– LES KPOUX VERMICIEUX ! cria-t-il. Ce sont les KPOUX VERMICIEUX !

Il insistait bien sur le K… LES KPOUX !

– Je croyais que c'étaient des grobes, dit Charlie, ces grobes suintants et suants dont vous avez parlé au président.

– Oh, non, c'étaient des histoires pour effrayer la Maison-Blanche, répliqua Mr Wonka. Mais crois-moi, les Kpoux Vermicieux ne sont pas des inventions. Ils vivent, comme chacun sait, sur la planète Vermiss qui se trouve à dix-huit mille quatre cent vingt-sept millions de miles et ce sont de méchantes bêtes très très très malignes. Le Kpou Vermicieux peut prendre la forme qu'il veut. Il n'a pas d'os. Son corps n'est en fait qu'un énorme muscle, extraordinairement fort mais très élastique, très mou, comme un mélange de caoutchouc et de mastic, avec des fils d'acier à l'intérieur. Normalement, il a la forme d'un œuf mais il peut tout aussi bien se donner deux jambes, comme un humain, ou quatre pattes comme un cheval. Il peut devenir rond comme un ballon ou long comme la ficelle d'un cerf-volant.

« Un Kpou Vermicieux qui a complètement terminé sa croissance peut venir te mordre la tête à cinquante yards rien qu'en tendant le cou !

– Avec quoi mordrait-il ? demanda grand-maman Georgina. Je ne lui ai pas vu de bouche.

– Ils ont autre chose pour mordre, répondit seulement Mr Wonka.

– Par exemple ?

– Raccrochez, vos trois minutes sont écoulées, dit Mr Wonka. Je viens de penser à une chose amusante. J'ai fait une blague au président en prétendant que nous étions des extraterrestres et... par Jupiter ! voilà qu'il y a vraiment des extraterrestres à bord !

– Pensez-vous qu'ils sont nombreux ? interrogea Charlie. Plus que les cinq que nous avons vus ?

– Ils sont des milliers ! Il y a cinq cents chambres dans le *Space Hotel*, et il y a probablement une famille dans chacune !

– Ça va être un sacré choc quand ils monteront à bord, dit grand-papa Joe.

– Ils se feront croquer comme des cacahuètes, dit Mr Wonka. Du premier au dernier.

– Vous parlez sérieusement ? demanda Charlie.

– Bien sûr que je parle sérieusement, répliqua Mr Wonka. Ces Kpoux Vermicieux sont la terreur de l'univers. Ils voyagent dans l'espace en grands bataillons, atterrissent sur d'autres étoiles, d'autres planètes et détruisent tout ce qu'ils trouvent. De gentilles créatures, les Nouzas, vivaient jadis sur la Lune. Eh bien, les Kpoux Vermicieux les ont toutes dévorées. Ils ont fait de même sur Vénus, sur Mars et sur les autres planètes.

– Pourquoi ne sont-ils pas venus sur Terre pour nous manger ? demanda Charlie.

– Ils ont essayé, Charlie, mais ils n'y sont jamais parvenus. Vois-tu, il y a une épaisse enveloppe d'air et de gaz autour de la Terre et tout ce qui la heurterait à grande vitesse serait porté au rouge. Les capsules spatiales sont faites d'un métal qui résiste à la chaleur. D'ailleurs, quand elles font leur entrée dans l'atmosphère terrestre, le « frottement » et les rétrofusées réduisent la vitesse à environ deux miles à l'heure. Mais elles se font quand même sérieusement roussir. Les Kpoux, qui ne résistent pas du tout à la chaleur et n'ont pas de rétrofusées, se font complètement frire avant d'avoir effectué la moitié du trajet. As-tu déjà vu une étoile filante ?

– Des tas, répondit Charlie.

– En réalité, ce ne sont absolument pas des étoiles filantes, ce sont des Kpoux filants, des Kpoux qui ont essayé d'entrer dans l'atmosphère terrestre à toute vitesse et qui se sont enflammés.

– Sornettes ! lança grand-maman Georgina.

– Attendez, dit Mr Wonka. Vous verrez peut-être la chose se produire avant la fin du jour.

– Mais, s'ils sont si féroces et si dangereux, dit Charlie, pourquoi ne nous ont-ils pas aussitôt mangés, dans le *Space Hotel* ? Pourquoi ont-ils perdu du temps à se tortiller pour former les lettres du mot OUSTE ?

– Parce que ce sont des cabots, répliqua Mr Wonka. Ils sont épouvantablement fiers de savoir écrire comme ça.

– Pourquoi nous dire OUSTE, alors qu'ils voulaient nous attraper et nous manger ?

– C'est le seul mot qu'ils connaissent, dit Mr Wonka.

– Regardez ! brailla grand-maman Joséphine en montrant quelque chose du doigt à travers le verre. Là-bas !

Avant même de regarder, Charlie savait exactement ce qu'il allait voir. Les autres aussi. Le ton hystérique de la vieille dame le laissait présager.

Et en effet, volait, tranquillement à côté d'eux, à moins de douze yards, un Kpou Vermicieux tout bonnement colossal, ovoïde, gluant et brun verdâtre. Il était gros comme une baleine, long comme un camion et avec un de ces méchants regards vermicieux dans l'œil ! Cet œil rouge et malveillant (le seul visible) fixait intensément les passagers flottant dans le grand ascenseur de verre !

– C'est la fin ! hurla grand-maman Georgina.

– Il va nous manger ! cria Mrs Bucket.

– D'une seule bouchée ! ajouta Mr Bucket.

– Nous sommes cuits, Charlie, dit grand-papa Joe.

Charlie fit oui de la tête. Il ne pouvait ni parler ni crier. La peur lui nouait la gorge.

Cette fois-ci, Mr Wonka ne s'affola pas et garda son calme.

– Nous allons nous débarrasser de ça ! dit-il.

Et il appuya sur six boutons à la fois. Six fusées partirent en même temps sous l'ascenseur qui bondit en avant comme un cheval piqué par une guêpe, de plus en plus vite, mais le grand Kpou vert et gluant continuait à les suivre tranquillement.

– Faites-le déguerpir ! vociféra grand-maman Georgina. Je ne supporte pas son regard !

– Chère madame, dit Mr Wonka, il ne peut pas entrer ici. Je veux bien reconnaître que j'ai été un tantinet inquiet dans le *Space Hotel*, et avec quelque raison. Mais ici nous n'avons plus rien à craindre. Le grand ascenseur résiste aux chocs, à l'eau, aux bombes, aux balles et aux Kpoux ! Alors, détendez-vous et amusez-vous bien !

– *Ô Kpou ! Toi qui es vil et vermicieux !* s'écria Mr Wonka.

Tu es gluant, mou et pâteux
Mais qui de nous s'en soucie ?
Car nous sommes à l'abri
N'insiste plus et adieu !

À ce moment-là, l'énorme Kpou fit demi-tour et s'éloigna.

– Enfin ! s'exclama Mr Wonka triomphalement. Il m'a entendu ! Il revient chez lui !

Il se trompait. Lorsque la créature se fut éloignée, elle s'arrêta, plana un moment puis revint doucement vers l'ascenseur avec son bout arrière (le bout allongé de l'œuf) en avant. Même à reculons, sa vitesse était foudroyante. On aurait dit une balle monstrueuse qui fonçait si vite sur eux que personne n'eut le temps de crier.

CRAC ! Elle heurta l'ascenseur de verre avec un fracas épouvantable. Toute la cage trembla, s'ébranla, mais le verre résista et le Kpou rebondit comme une balle en caoutchouc.

– Qu'est-ce que je vous avais dit ! hurla Mr Wonka victorieusement. Ici, nous sommes à l'abri comme des abricots !

– Il va avoir un sacré mal de crâne, après ça ! dit grand-papa Joe.

– Ce n'est pas sa tête, c'est son derrière, dit Charlie. Regarde, grand-papa. Il y a une bosse qui surgit sur son bout allongé ! Elle est rouge et bleu !

En effet. Une bosse pourpre, de la taille d'une petite voiture, se formait sur le bout allongé du Kpou géant.

– Salut, grande sale bête ! cria Mr Wonka.

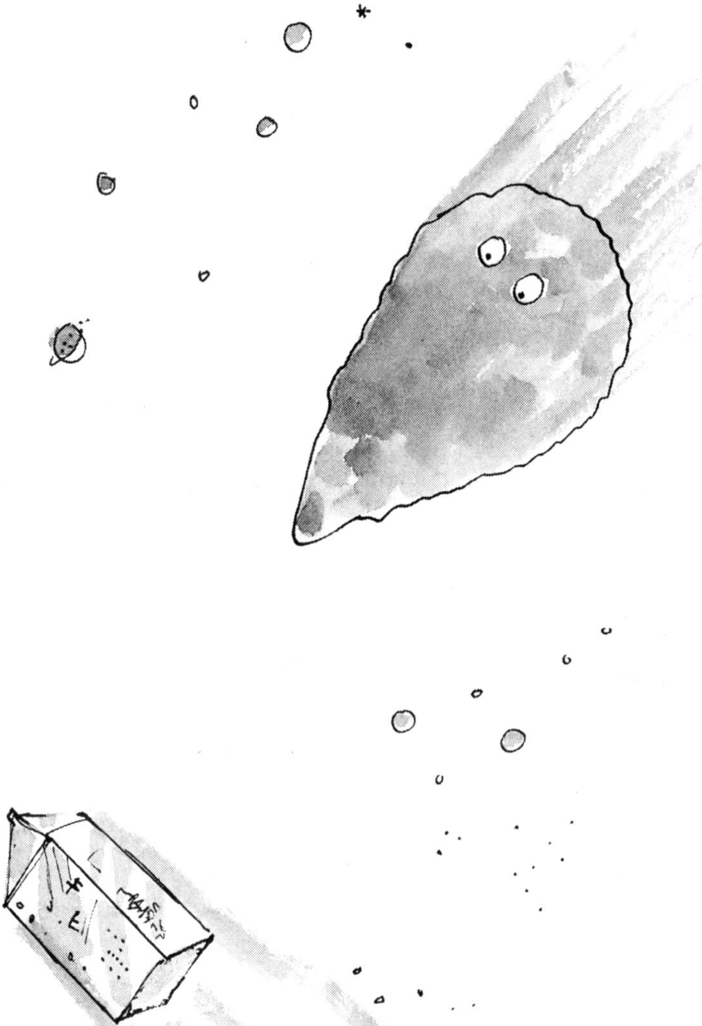

Salut à toi, grand Kpou ! Comment ça va ?
Tu m'as l'air étrange.
Ton derrière est pourpre et orange.
C'est bien normal, tout ça ?

Tu ne te sens pas bien ? Tu vas défaillir ?
Est-ce un secret honteux ?
Il a des raisons de gémir,
Ton arrière-train monstrueux !

Je connais un médecin
Pour un Kpou mal en point !
Il s'agit d'un boucher,
Ses tarifs sont légers !

Ah, le voilà ! Docteur, c'est gentil
D'être enfin venu.
Voici le Kpou au postérieur meurtri,
Tout espoir est-il perdu ?

« Ah, quel problème, il est blême ! »
Fait le docteur avec un sourire sardonique.
« Le bout de sa queue est orné d'un œdème,
Avec une épingle, il faut que je le pique ! »

Il sort un javelot indien
Tout emplumé par-dessus
Il en pique le Kpou dans sa partie charnue
Hélas, le ballon n'éclate point !

Le Kpou gémit : « Quel désespoir !
J'ai mal ! Je suis défiguré !
Voilà mes vacances gâchées
Et je ne peux plus m'asseoir ! »

« Votre cas est désespéré »,
Conclut l'apothicaire.
« Pour vous asseoir, faites le poirier
Avec le derrière en l'air ! »

9
Avalés !

Le jour où arrivèrent tous ces événements, aucune usine au monde n'ouvrit ses portes. Tous les bureaux et toutes les écoles restèrent fermés. Personne ne quitta son écran de télévision, même pas deux minutes pour prendre un Coca ou pour donner à manger à bébé.

La tension était insupportable.

Tous les gens avaient entendu l'invitation que le président américain avait faite aux Martiens d'aller lui rendre visite à la Maison-Blanche. Et ils avaient entendu l'étrange réponse en vers, apparemment menaçante. Ils avaient aussi entendu un cri perçant (grand-maman Joséphine) et, un petit peu plus tard, quelqu'un hurler : « Ouste ! Ouste ! Ouste ! » (Mr Wonka).

Personne n'avait rien compris à ce cri qui fut pris pour quelque dialecte martien.

Mais, lorsque les huit mystérieux astronautes revinrent précipitamment dans leur capsule en verre et s'éloignèrent du *Space Hotel*, on aurait presque pu entendre un grand soupir de soulagement poussé par tous les habitants de la planète. Les télégrammes et les messages plurent sur la Maison-Blanche pour féliciter le président de la façon éblouissante dont il avait maîtrisé cette effrayante situation.

Quant au président, il demeurait calme et pensif. Il s'assit à son bureau, en roulant un petit bout de chewing-gum mouillé entre son pouce et son index.

Il attendait le moment où il pourrait le lancer sur Miss Tibbs sans être vu. Il le lança, rata son coup mais toucha le chef de l'armée de l'air sur le bout du nez.

– Croyez-vous que les Martiens ont accepté mon invitation à la Maison-Blanche ? demanda le président.

– Bien sûr qu'ils ont accepté, répondit le secrétaire des Affaires étrangères. C'était un brillant discours, monsieur.

– Ils sont probablement en route, maintenant, dit Miss Tibbs. Allez vous laver les mains et enlevez cet affreux chewing-gum. Ils peuvent venir d'une minute à l'autre.

– Chantez-moi une chanson, Nounou, dit le président. Une nouvelle chanson ! Sur moi ! S'il vous plaît, Nounou...

CHANSON DE NOUNOU

Je chante un homme très puissant.
Le plus grand des hommes.
Jadis, ce n'était qu'un enfant
Haut comme trois pommes.

C'était un tout petit marmot
Qui mangeait de la bouillie.
Je l'asseyais sur le pot
Pour qu'il fasse son petit pipi.

Je lui lavais bien les orteils
Je lui brossais les cheveux
Je nettoyais ses oreilles
Et je l'habillais de bleu.

Il a passé des jours bénis
Comme j'en souhaite à tous les enfants.
Quand il désobéissait, pan pan !
Quand il était gentil, pan pan fini !

Je réalisais bientôt
Qu'il n'était guère brillant.
Quand il eut vingt-trois ans,
Il n'écrivait pas un mot.

« Que faire ? sanglotaient ses parents.
Ce petit n'est pas très doué !
Il n'aura jamais de métier,
Il ne serait même pas truand ! »

« Ah, ah ! dis-je, ce petit pou
Pourrait être un homme politique »
« Nounou ! cria-t-il, oh ! Nounou !
Quelle idée fantastique ! »

« D'accord, dis-je, observe bien
Comment sont les politiciens :
Ils prennent les idées dans l'air
Parlent à tort et à travers
Et font plein de trucs amusants
Pour gagner les votes des gens !

« Apprends à noyer le poisson
Quand tu parles à la télévision.
Et rappelle-toi, le plus important,
Bien évidemment,
Est de garder un sourire éclatant
Et d'éviter les cancans. »

Maintenant, j'ai quatre-vingt-neuf ans.
Et je ne regrette rien.
C'est ma faute si ce petit vaurien
Est devenu président !

– Bravo, Nounou ! s'écria le président en battant des mains.

– Hourra ! hurlèrent les autres. Bravo, mademoiselle la vice-présidente ! Brillant ! Génial !

– Mon Dieu, dit le président, les Martiens vont venir d'un moment à l'autre ! Que diable allons-nous leur donner pour déjeuner ? Où est mon chef cuisinier ?

Le chef cuisinier était un Français. C'était aussi un espion français et, à ce moment précis, il écoutait par le trou de la serrure du bureau.

– Ici, monsieur le président, dit-il en surgissant.

– Chef cuisinier, dit le président, que mangent des Martiens, à déjeuner ?

– Des barres de Mars, répondit le chef cuisinier.

– Rôties ou bouillies ? demanda le président.

– Oh, rôties, bien sûr, monsieur le président. On gâcherait les barres de Mars en les faisant bouillir !

La voix de l'astronaute Shuckworth grésilla dans le haut-parleur du bureau.

– Ai-je la permission d'arrimer et d'aborder le *Space Hotel ?*

– Permission accordée, répondit le président. Continuez tout droit, Shuckworth. La voie est libre, à présent... Grâce à moi.

Et ainsi, la grande capsule qui transportait le personnel, pilotée par Shuckworth, Shanks et Showler, avec tous les directeurs et les sous-directeurs, les plantons et les chefs pâtissiers, les grooms et les serveuses et les femmes de chambre, avança doucement et arrima le *Space Hotel* géant.

– Hé là ! Il n'y a plus d'image sur l'écran ! cria le président.

– Hélas, la caméra s'est écrasée contre le *Space Hotel*, monsieur le président, répondit Shuckworth.

Le président proféra un juron très grossier dans le

micro. Les dix millions d'enfants du pays se mirent à le répéter allégrement et se firent taper par leurs parents.

– Tous les astronautes et les cent cinquante membres du personnel sont sains et saufs à bord du *Space Hotel !* annonça Shuckworth à la radio. Maintenant, nous sommes dans le hall !

– Et que pensez-vous de tout cela ? demanda le président.

Il savait que le monde entier écoutait et espérait que Shuckworth répondrait combien c'était merveilleux. Shuckworth ne le déçut pas.

– Oh là là ! C'est extraordinaire, monsieur le président, dit-il. Incroyable ! C'est tellement colossal ! Et tellement... difficile de trouver les mots pour en parler. C'est véritablement grandiose, surtout les chandeliers, les tapis et tout ! Le directeur de l'hôtel, Mr Félix Fix, est à côté de moi, en ce moment. Il aimerait avoir l'honneur de vous dire un mot.

– Passez-le-moi, dit le président.

– Monsieur le président, ici Félix Fix. Quel hôtel somptueux ! Les décorations sont superbes !

– Avez-vous remarqué que tous les tapis sont fixés au sol, monsieur Félix Fix ? demanda le président.

– Oui, monsieur le président, je l'ai effectivement remarqué.

– Et tous les papiers des murs sont également fixés, monsieur Félix Fix.

– Oui, monsieur le président. C'est fantastique ! Ce sera un vrai plaisir de tenir un bel hôtel comme celui-ci !... Hé ! Qu'est-ce que c'est, là-bas ? Il y a quelque chose qui sort des ascenseurs ? Au secours !

Soudain, on entendit dans le haut-parleur du bureau une série de cris et de hurlements des plus effroyables :

« AÏEEEE ! OOOOUH ! AÏEEEE ! AU SECOOOURS ! AU SECOOOOURS ! AU SECOOOOURS ! »

– Que se passe-t-il donc ? fit le président. Shuckworth ! Vous êtes là, Shuckworth ?... Shanks ! Showler ! Monsieur Félix Fix ! Où êtes-vous passés ? Qu'arrive-t-il ?

Les cris continuaient, si fort que le président dut se mettre les mains sur les oreilles. Et toutes les télévisions, toutes les radios du monde retransmettaient ces horribles braillements. Il y avait aussi d'autres bruits, des grognements, des reniflements et des crunch ! crunch ! Puis le silence.

Le président appela désespérément le *Space Hotel* par radio. Houston appela le *Space Hotel.* Le président appela Houston. Houston appela le président, Puis les deux appelèrent encore le *Space Hotel.* Mais aucune réponse ne leur parvint. Là-haut, dans l'espace, le silence !

– Il est arrivé quelque chose d'épouvantable, dit le président.

– Ce sont ces Martiens, fit l'ex-chef de l'armée de terre. Je vous avais bien dit qu'il fallait qu'ça saute !

– Silence ! tonna le président. Je réfléchis.

Le haut-parleur se mit à grésiller.

– Allô, allô, allô ! Est-ce que la tour de contrôle à Houston me reçoit ?

Le président s'empara du micro sur son bureau.

– Laissez-moi cet appel, Houston ! hurla-t-il. Ici le président Gilligrass. Je vous reçois très clairement. Allez-y.

– Ici l'astronaute Shuckworth, monsieur le président, de nouveau à bord de la capsule... Dieu merci !

– Qu'est-il arrivé, Shuckworth ? Qui est avec vous ?

– Nous sommes presque tous là, monsieur le président, fort heureusement. Shanks et Showler sont avec moi ainsi que toute une bande. Nous avons perdu environ deux douzaines de personnes en même temps, des chefs pâtissiers, des grooms... enfin, des gens comme ça. Ça a été une belle bousculade pour sortir vivants de cet endroit.

– Comment ? Vous avez perdu deux douzaines de personnes ? hurla le président. De quelle façon ?

– Ils ont été avalés ! répliqua Shuckworth. En une seule bouchée ! J'ai vu un grand sous-directeur de six pieds de haut être avalé comme vous avaleriez une glace, monsieur le président ! Sans mâcher… rien ! Directo dans l'estomac !

– Mais qui ? vociféra le président. De qui parlez-vous ? Qui les a avalés ?

– Attendez ! cria Shuckworth. Oh, Seigneur ! Ils arrivent ! Ils nous poursuivent ! Ils sortent en escadrons du *Space Hotel !* En escadrons ! Excusez-moi un moment, monsieur le président. Fini les bavardages, maintenant ! Faut y aller !

10
La capsule en danger. Première attaque

Pendant que les Kpoux chassaient Shuckworth, Shanks et Showler du *Space Hotel*, le grand ascenseur de verre de Mr Wonka tournait à une vitesse formidable autour de la Terre. Mr Wonka avait allumé toutes les fusées et l'ascenseur atteignait l'allure de trente-quatre mille miles à l'heure au lieu des dix-sept mille ordinaires. Ils essayaient, vous vous en doutez bien, d'échapper à l'énorme Kpou Vermicieux affamé, au postérieur pourpre. Mr Wonka n'en avait pas peur mais grand-maman Joséphine était terrifiée. Chaque fois qu'elle le regardait, elle poussait un cri perçant et se cachait les yeux. Naturellement, faire trente-quatre mille miles à l'heure, pour un Kpou, ce n'est qu'un jeu d'enfant. De jeunes Kpoux en bonne santé n'ont pas peur de parcourir un million de miles entre le déjeuner et le dîner et un autre million le lendemain, avant le petit déjeuner. Autrement, comment pourraient-ils voyager entre la planète Vermiss et les autres étoiles ? Mr Wonka aurait dû le savoir et économiser ses fusées, mais non, il n'en faisait rien. À côté, le Kpou géant volait sans se fatiguer, regardant avec fureur l'intérieur de l'ascenseur de son méchant œil rouge. « Vous me le paierez, ce mal au postérieur ! » semblait-il dire.

Ils tournèrent ainsi autour de la Terre pendant quarante-cinq minutes lorsque Charlie, qui flottait tranquillement au plafond, à côté de grand-papa Joe, dit soudain :

– Il y a quelque chose à l'avant ! Tu vois, grand-papa ? Juste devant nous !

– Je vois, Charlie, je vois... Grands dieux ! le *Space Hotel !*

– C'est impossible, grand-papa. Nous l'avons laissé à plusieurs miles derrière nous !

– Ah, ah ! fit Mr Wonka, nous allons si vite que nous avons déjà effectué une révolution autour de la Terre et que nous l'avons rattrapé ! Quelle prouesse magnifique !

– Et voilà la capsule du personnel ! Tu la vois, grand-papa ? Derrière le *Space Hotel !*

– Et si je ne me trompe pas, Charlie, il y a autre chose !

– Je sais ce que c'est ! brailla grand-maman Joséphine. Ce sont des Kpoux Vermicieux ! Revenons en arrière sur-le-champ !

– Reculons ! hurla grand-maman Georgina, rebroussons chemin !

– Chère madame, dit Mr Wonka, on n'est pas en voiture sur une route. Quand on est en orbite, on ne peut pas s'arrêter et retourner en arrière.

– Je m'en fiche ! vociféra grand-maman Joséphine. Freinez ! Arrêtez ! Marche arrière ! Les Kpoux vont nous attraper !

– Je vous en prie, cessez ces bêtises une bonne fois pour toutes ! ordonna sèchement Mr Wonka. Vous savez très bien que mon ascenseur résiste parfaitement aux Kpoux. Vous n'avez rien à craindre.

À présent qu'ils étaient plus près, ils voyaient les Kpoux jaillir de la queue du *Space Hotel* et pulluler comme des guêpes autour de la capsule du personnel.

– Ils attaquent ! cria Charlie. Ils poursuivent la capsule !

C'était un terrifiant spectacle. Les énormes Kpoux verts et ovoïdes s'étaient groupés par vingtaines.

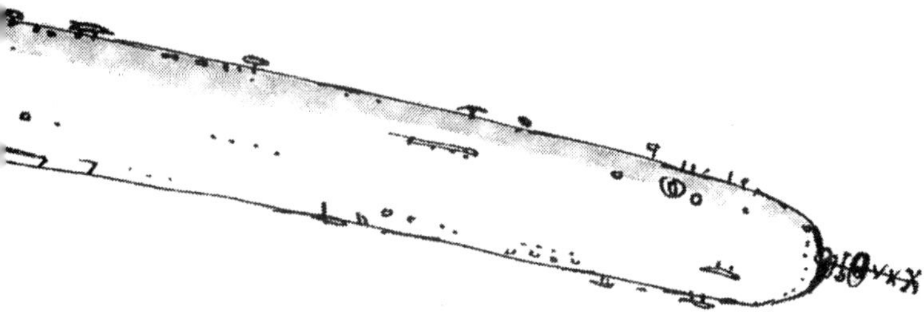

Chaque escadron se mettait en ligne, avec un intervalle d'un yard entre chaque Kpou.

Alors, l'un après l'autre, les escadrons commencèrent à attaquer la capsule. Ils fonçaient à reculons, leur postérieur (le bout pointu) en avant, à une vitesse fantastique.

WHAM ! Un escadron attaqua. Il rebondit et fit demi-tour. CRASH ! Un autre escadron s'écrasa sur le côté de la capsule.

– Emmenez-nous loin d'ici, espèce de dingue ! cria grand-maman Joséphine. Qu'est-ce que vous attendez ?

– Après, ce sera nous qu'ils poursuivront ! hurla grand-maman Georgina. Pour l'amour du ciel, retournons sur Terre !

– Je ne crois pas que leur capsule résiste aux Kpoux, dit Mr Wonka.

– Alors, aidons-les ! s'écria Charlie. Faisons quelque chose ! Il y a plus de cent personnes dans cet appareil !

Sur Terre, dans le bureau de la Maison-Blanche, le président et ses conseillers écoutaient avec horreur les voix des astronautes à la radio.

– Ils nous poursuivent tous ! hurlait Shuckworth. Ils vont nous réduire en petits morceaux !

– Mais qui ? vociféra le président. Vous ne nous avez même pas dit qui vous attaquait !

– Ces grandes et vilaines brutes brun verdâtre aux yeux rouges ! brailla Shanks à son tour. Ils ont la forme d'œufs énormes ! Et ils nous poursuivent à reculons !

– À reculons ! s'exclama le président. Pourquoi à reculons ?

– Parce que leurs derrières sont encore plus pointus que leurs devants ! hurla Shuckworth. Attention ! Voici un autre escadron ! BANG ! Nous ne pourrons pas tenir le coup longtemps, monsieur le président. Les serveuses poussent des cris, les femmes de chambre deviennent hystériques, les grooms sont malades et les portiers récitent leurs prières. Qu'allons-nous faire, monsieur le président ? Qu'allons-nous donc faire ?

– Allumez vos fusées, crétin, et revenez ! cria le président. Revenez sur Terre immédiatement !

– Impossible ! fit Showler. Ils ont aplati nos fusées ! Ils les ont réduites en miettes !

– Nous voilà cuits, monsieur le président ! hurla Shanks. C'est la fin ! Même s'ils n'arrivent pas à détruire la capsule, nous devrons rester en orbite pour le restant de nos jours. Sans fusées, impossible de rentrer !

Le président transpirait et la sueur lui dégoulinait sur la nuque et le col.

– Monsieur le président, continua Shanks, d'un moment à l'autre nous allons perdre le contact avec vous ! Un autre escadron arrive à gauche et il vise notre antenne-radio ! Le voilà ! Nous ne pourrons pas...

La voix s'arrêta. La radio demeurait muette.

– Shanks ! cria le président, où êtes-vous, Shanks ?... Shuckworth ! Showler !... Showlworth ! Shucks ! Shanksler !... Shanksworth ! Shuckler ! Showl ! Pourquoi ne répondez-vous pas ?

Dans le grand ascenseur de verre où il n'y avait pas de radio et où l'on n'entendait rien de ces conversations, Charlie disait :

– Leur seul espoir est certainement de faire demi-tour et de revenir vite sur Terre !

– Oui, dit Mr Wonka. Mais pour regagner l'atmosphère terrestre, ils doivent quitter leur orbite. Il leur faut redescendre. Et, pour cela, ils ont besoin de fusées ! Mais les tubes de leurs fusées sont tout bosselés et tout tordus ! Vous les voyez d'ici ! Disloqués !

– Pourquoi ne les remorquerions-nous pas ? demanda Charlie.

Mr Wonka parvint à sursauter tout en flottant. Il était si excité qu'il bondit et se cogna la tête contre le plafond. Alors, il tourna trois fois en l'air et s'écria :

– Tu as trouvé, Charlie ! C'est ça ! Nous allons les remorquer et les faire sortir de l'orbite ! Appuyons vite sur les boutons !

– Avec quoi allons-nous les remorquer ? interrogea grand-papa Joe. Avec nos cravates ?

– Ne vous inquiétez pas pour ce petit détail ! s'exclama Mr Wonka. Mon grand ascenseur de verre est prêt à tout ! Allons-y ! Sus à l'ennemi !

– Arrêtez-le ! brailla grand-maman Joséphine.

– Calmez-vous, Josie, dit grand-papa Joe. Il y a là-bas quelqu'un qui a besoin de notre aide et c'est notre devoir de la lui offrir. Si vous avez peur, fermez bien les yeux et bouchez-vous les oreilles !

11
La bataille des Kpoux

– Monsieur grand-papa Joe ! hurla Mr Wonka, soyez gentil, allez tourner cette manette, dans ce coin de l'ascenseur, là-bas ! Elle libère la corde !

– Une corde ne servira à rien, Mr Wonka ! Les Kpoux la grignoteront en un rien de temps !

– C'est une corde en acier, dit Mr Wonka, en acier très résistant. S'ils essaient de la ronger, leurs dents se briseront comme des bricoles ! Approche-toi de tes boutons, Charlie ! Il faut que tu m'aides à manœuvrer ! Nous allons nous mettre au-dessus de la capsule du personnel et tenter de trouver un endroit pour l'accrocher solidement.

Comme un navire de guerre partant à l'assaut, le grand ascenseur de verre, toutes fusées allumées, vogua doucement vers le sommet de l'énorme capsule.

Immédiatement, les Kpoux cessèrent d'attaquer la capsule et se dirigèrent vers l'ascenseur.

Les escadrons de Kpoux Vermicieux géants, les

uns après les autres, se précipitèrent rageusement contre la merveilleuse machine de Mr Wonka ! WHAM ! CRASH ! BANG ! Un terrible bruit de tonnerre retentit. L'ascenseur fut projeté dans le ciel comme une feuille.

À l'intérieur, grand-maman Joséphine, grand-maman Georgina et grand-papa Georges, flottant dans leur chemise de nuit, braillaient, s'égosillaient, agitaient les bras et appelaient au secours. Mrs Bucket avait enlacé Mr Bucket et le serrait si fort que l'un des boutons de la chemise de son mari s'incrusta dans sa peau.

Au plafond, Charlie et Mr Wonka, froids comme deux glaçons, actionnaient les boutons des fusées.

En bas, grand-papa Joe, tout en vociférant des cris de guerre et en maudissant les Kpoux, tournait la manette qui désenroulait la corde d'acier et la suivait des yeux à travers le sol de verre.

– Un peu plus à tribord, Charlie ! hurla grand-papa Joe. Nous sommes au-dessus, maintenant !… Deux yards en avant, Mr Wonka !… J'essaie de mettre le crochet autour de ce gros truc qui dépasse, à l'avant !… Arrêtez !… Je l'ai… Ça y est !… Un peu en avant… Voyons si ça tient !… Davantage !… Davantage !…

La grande corde en acier se raidit. Elle tenait ! Et, merveille des merveilles, avec ses fusées en marche, l'ascenseur commença à remorquer l'énorme capsule !

– En avant et vite ! lança grand-papa Joe. Elle va tenir ! Elle tient ! Elle tient bien !

– Allumez toutes les fusées ! cria Mr Wonka.

L'ascenseur bondit en avant. La corde tenait toujours, Mr Wonka s'élança vers grand-papa Joe, en bas, et lui serra chaleureusement la main.

– Bravo, monsieur ! dit-il. Vous avez fait un brillant travail dans de difficiles conditions !

Charlie se retourna pour regarder la capsule du personnel à trente yards derrière, au bout de la corde. Elle avait de petites fenêtres sur le haut de la façade et, à ces fenêtres, il voyait nettement les figures abasourdies de Shuckworth, Shanks et Showler. Charlie leur fit bonjour et leva son pouce comme pour dire : « On les a eus ! » Ils ne lui répondirent pas. Ils le fixaient, bouche bée, comme s'ils croyaient rêver.

Fou d'enthousiasme, grand-papa Joe souffla, s'éleva et se mit à planer à côté de Charlie.

– Charlie, mon garçon, lui dit-il, nous avons vécu de drôles d'aventures ensemble, mais jamais rien de pareil !

– Où sont les Kpoux, grand-papa ? Ils ont disparu !

Tout le monde regarda en arrière. Le seul Kpou visible était leur vieil ami au postérieur pourpre, qui se promenait toujours près d'eux et les fixait de son œil furibond.

– Attendez ! s'écria grand-maman Joséphine. Qu'est-ce que je vois là-bas ?

Ils regardèrent à nouveau, et cette fois, en effet, au loin, dans le bleu sombre de l'espace intersidéral, ils aperçurent un nuage compact de Kpoux Vermicieux faire demi-tour et virer comme une flotte de bombardiers.

– Si vous croyez être sorti de l'auberge, vous êtes espagnol ! hurla grand-maman Georgina.

– Aucun Kpou ne me fait peur ! dit Mr Wonka. Nous les avons battus !

– Fadaises et foutaises ! dit grand-maman Joséphine. D'un moment à l'autre, ils seront à nos trousses ! Regardez-les ! Ils arrivent ! Les voilà !

C'était vrai. L'énorme flotte des Kpoux s'avançait à une vitesse fantastique et volait maintenant au même niveau que le grand ascenseur de verre, mais à deux cents yards à droite. Celui qui avait l'arrière-train enflé était plus près encore, à seulement vingt yards, également à droite.

– Il change de forme ! cria Charlie. Celui qui est tout près ! Que va-t-il faire ? Il s'allonge ! Il s'allonge !

En effet. Le monstrueux corps ovoïde s'étirait lentement, s'allongeait et s'amincissait comme du chewing-gum. Il se mit à ressembler exactement à un long serpent vert et gluant, épais comme un gros arbre et grand comme un terrain de football. À l'avant, il y avait les larges yeux blancs aux pupilles rouges, à l'arrière, une sorte de queue effilée et, à l'extrême bout de la queue, le gros œdème arrondi qu'il s'était fait en s'écrasant contre le verre.

Les passagers flottant dans l'ascenseur l'observaient et attendaient. Ils virent alors le Kpou en forme de corde virer et venir lentement vers eux. Il fit une fois le tour du grand ascenseur de verre... puis deux fois. Son corps mou et verdâtre bavait contre la paroi de verre. Quelle horreur !

– Il nous ficelle comme un paquet ! vociféra grand-maman Joséphine.

– Calembredaines ! s'écria Mr Wonka.

– Il va nous étouffer dans ses anneaux ! gémit grand-maman Georgina.

– Jamais ! dit Mr Wonka.

Charlie jeta un coup d'œil en arrière sur la capsule du personnel. Shuckworth, Shanks et Showler, blancs comme linge, appuyaient leurs figures contre les vitres des petites fenêtres, frappés de terreur, stupéfiés, abasourdis, bouche bée, l'expression figée comme des filets de poisson surgelé. Une fois encore, Charlie leva son pouce, comme pour dire : « Formidable ! » Showler lui répondit par un faible sourire, mais ce fut tout.

– Oh, oh, oh ! criait grand-maman Joséphine. Enlevez cette sale chose gluante !

Le Kpou, qui s'était enroulé deux fois autour de l'ascenseur, s'était mis à faire un nœud avec son corps, un bon nœud bien solide, de gauche à droite

et de droite à gauche. Après l'avoir serré, il pendait encore un bout d'environ cinq yards. Ce bout ne pendit pas longtemps. Il se recourba vite en forme de crochet, d'un énorme crochet collé aux parois de l'ascenseur, comme s'il attendait quelque chose d'autre pour s'accrocher.

Pendant que se déroulait tout cela, personne n'avait prêté attention à ce que préparaient les autres Kpoux.

– Mr Wonka ! s'écria Charlie, regardez les autres ! Que fabriquent-ils ?

En effet, que fabriquaient-ils ?

Ils avaient également changé de forme. Ils s'étaient allongés et amincis, mais pas autant que le premier. Chacun s'était transformé en une sorte de grosse baguette recourbée aux deux extrémités, comme un crochet à deux bouts. Alors, tous les crochets se relièrent en une longue chaîne. Un millier de Kpoux, dans le ciel, les uns à côté des autres, cela donnait une spirale d'au moins un demi-mile ! Et le Kpou qui était en tête, le chef (celui dont le crochet avant n'était pas fixe, bien sûr) les dirigeait vers le grand ascenseur de verre en décrivant un large cercle.

– Hé ! hurla grand-papa Joe. Ils vont s'accrocher à la bête qui nous a ficelés !

– Et nous remorquer ! cria Charlie.

– Jusqu'à la planète Vermiss, suffoquait grand-maman Joséphine, à dix-huit mille quatre cent vingt-sept millions de miles !

– Impossible ! s'écria Mr Wonka. Ici, c'est nous qui remorquons !

– Ils vont s'accrocher, Mr Wonka ! dit Charlie. C'est sûr ! On ne peut pas les arrêter ? Ils vont nous remorquer et remorquer aussi les gens que nous remorquons !

– Faites quelque chose, vieux fou ! vociféra grand-maman Georgina. Ne restez pas là à flotter en nous regardant !

– Je dois avouer que, pour la première fois de ma vie, je suis un peu désorienté, dit Mr Wonka.

À travers les parois de verre, tous fixaient avec horreur la longue chaîne des Kpoux Vermicieux. Les yeux furibonds, le chef se rapprochait, son crochet tout prêt. Dans trente secondes, il s'attacherait au Kpou enroulé autour de l'ascenseur.

– Je veux revenir sur Terre ! gémit grand-maman Joséphine. Pourquoi ne revenons-nous pas sur Terre ?

– Grands matous matinaux ! s'exclama Mr Wonka. Mais oui, c'est ça ! La Terre ! Où donc avais-je la tête ? Viens, Charlie ! Vite ! Retour dans l'atmosphère de la Terre ! Prends le bouton jaune ! Appuie de toutes tes forces ! J'appuie sur ceux-là !

Charlie et Mr Wonka volèrent littéralement jusqu'aux boutons.

– Attention les antennes ! hurla Mr Wonka. Vos gésiers vont gémir ! Nous descendons !

Les fusées s'allumèrent de tous les côtés de l'ascenseur. Il s'inclina, fit une embardée à soulever le cœur du plus solide, puis plongea vers l'atmosphère de la Terre à une allure vertigineuse.

– Les rétrofusées ! beugla Mr Wonka. Il ne faut pas oublier les rétrofusées !

Il vola vers un autre clavier de boutons et se mit à jouer dessus comme sur un piano.

L'ascenseur fonçait maintenant, tête la première, et les passagers se retrouvèrent en train de voler eux aussi à l'envers.

– Au secours ! braillait grand-maman Georgina. Le sang me monte à la tête !

– Tournez-vous dans l'autre sens, dit Mr Wonka. C'est facile, non ?

Tous gonflèrent les joues, soufflèrent, firent des culbutes en l'air et, finalement, se remirent dans le bon sens.

– Est-ce que la corde tient, grand-papa ? cria Mr Wonka.

– La corde tient, et bien ! Ils sont toujours avec nous, Mr Wonka !

C'était un étonnant spectacle que l'ascenseur de verre filant vers la Terre avec l'énorme capsule du personnel remorquée à l'arrière. Mais la longue chaîne des Kpoux les suivait facilement au même rythme. À présent, le crochet du premier Kpou atteignait presque celui formé par le Kpou enroulé autour de l'ascenseur !

– Trop tard ! cria grand-maman Georgina. Ils vont nous rattraper et nous remorquer !

– Je ne le crois pas, dit Mr Wonka. Vous ne vous rappelez pas ce qui arrive quand un Kpou entre dans l'atmosphère de la Terre à grande vitesse ? Il est porté au rouge et brûle en faisant une longue traînée. Il devient un Kpou filant. Bientôt, ces sales bêtes vont sauter comme du pop-corn !

Tandis qu'ils redescendaient, des étincelles se mirent à jaillir des parois de l'ascenseur. Le verre vira au rose, au rouge, puis à l'écarlate, des étincelles jaillirent aussi de la longue chaîne de Kpoux, et le chef commença à briller comme un tisonnier incandescent. Ce fut pareil pour les autres, ainsi que pour la grande bête gluante enroulée autour de l'ascenseur. En fait, celle-ci essayait désespérément de se désenrouler et de fuir, mais elle n'arrivait pas à défaire le nœud et, bientôt, elle commença à grésiller. Dans l'ascenseur, on pouvait même l'entendre. Cela ressemblait à du bacon en train de frire.

Et le même phénomène exactement se produisit pour les mille autres Kpoux de la chaîne. Ils furent tous chauffés au rouge vif, puis à blanc, en émettant une lumière éblouissante.

– Des Kpoux filants ! s'écria Charlie.

– Quel splendide spectacle ! dit Mr Wonka. C'est mieux que des feux d'artifice !

Quelques secondes plus tard, les Kpoux avaient disparu dans un nuage de cendres. Tout était fini.

– Nous avons réussi ! hurla Mr Wonka. Ils ont été rôtis comme des toasts ! Frits comme des frites ! Nous sommes sauvés !

– Sauvés ? Vous dites sauvés ? fit grand-maman Joséphine. Nous aussi, nous allons frire, si ça continue ! Nous allons être grillés comme des biftecks ! Regardez le verre ! Il brûle plus que de l'eau-de-vie !

– Ne craignez rien, chère madame, répondit Mr Wonka. Mon ascenseur a l'air conditionné, un ventilateur et un aérateur. Tout est automatisé pour parer à toutes les éventualités. Ça va marcher comme sur des roulettes.

– Je n'ai pas la moindre idée de ce qui va arriver, dit Mrs Bucket, qui ne s'exprimait pourtant pas très souvent. Mais, en tout cas, ça ne me plaît pas.

– Tu ne t'amuses pas, maman ? lui demanda Charlie.

– Non, dit-elle. Je ne m'amuse pas et ton père non plus.

– Quel spectacle grandiose ! dit Mr Wonka. Regarde donc la Terre, Charlie. Elle grossit !

– Et nous allons l'atteindre à deux mille miles à l'heure ! grommela grand-maman Georgina. Comment allez-vous redescendre, pour l'amour du ciel ? Vous n'y avez pas pensé, hein !

– Il y a des parachutes, lui dit Charlie. Je parie qu'il y a de gros et grands parachutes qui s'ouvriront avant d'arriver.

– Des parachutes ! dit Mr Wonka avec mépris.

Les parachutes, c'est bon pour les astronautes et les poules mouillées ! De toute façon, nous ne voulons pas ralentir, nous voulons accélérer. Je vous ai déjà dit que nous devions aller à une vitesse absolument foudroyante pour tamponner la chocolaterie. Sinon, nous ne rentrerons jamais par le toit.

– Et la capsule ? demanda Charlie avec inquiétude.

– Nous allons la lâcher dans quelques instants, répondit Mr Wonka. Ils ont trois parachutes pour ralentir au dernier moment, eux !

– Comment savez-vous si nous n'atterrirons pas en plein océan Pacifique ? demanda grand-maman Joséphine.

– Je ne sais pas, dit Mr Wonka. Mais vous savez nager, n'est-ce pas ?

– Cet homme, hurla grand-maman Joséphine, est pimpin comme un pingouin !

– Givré comme un citron ! vociféra grand-maman Georgina.

Le grand ascenseur plongeait, plongeait vers la Terre de plus en plus proche. Les océans et les continents se précipitaient à sa rencontre et grossissaient de seconde en seconde.

– Monsieur grand-papa Joe ! Lancez la corde ! Lâchez-la ! commanda Mr Wonka. Ils se débrouilleront, si leurs parachutes fonctionnent.

– Mission accomplie ! cria grand-papa Joe.

Et l'énorme capsule du personnel, libre à présent, se mit à basculer sur le côté. Charlie fit au revoir aux trois astronautes qui étaient toujours assis devant le hublot. Aucun ne lui répondit. Ils semblaient encore traumatisés et dévisageaient avec des yeux ronds les vieux, les vieilles et le petit garçon qui flottaient dans le grand ascenseur de verre.

– Il n'y en a plus pour longtemps, dit Mr Wonka en rejoignant une rangée de minuscules boutons bleu pâle dans un coin. Nous saurons bientôt si nous sommes vivants ou morts. Restez calmes, s'il vous plaît, c'est le moment fatal. Il faut que je me concentre très fort, sinon nous tomberons au mauvais endroit !

Ils piquèrent dans une épaisse couche de nuages et, pendant dix secondes, ils ne virent plus rien. Lorsqu'ils en sortirent, la capsule du personnel avait disparu et la planète se trouvait à proximité. Il y avait seulement une grande étendue de terre en dessous d'eux, avec des montagnes et des forêts… des champs et des arbres… puis une petite ville.

– Voilà ! hurla Mr Wonka. Ma chocolaterie ! Ma chocolaterie bien-aimée !

– Vous voulez dire la chocolaterie de Charlie, dit grand-papa Joe.

– Exact, dit Mr Wonka en s'adressant à Charlie. J'avais complètement oublié. Excuse-moi, mon cher enfant. C'est la tienne, bien sûr ! Allons-y !

À travers le sol de verre de l'ascenseur, Charlie aperçut l'énorme toit rouge et les hautes cheminées de l'usine géante. Ils plongeaient droit dessus.

– Ne respirez plus ! hurla Mr Wonka. Retenez votre souffle ! Attachez vos ceintures de sécurité et dites vos prières ! Nous traversons le toit !

12
De retour à la chocolaterie

Et puis, le bruit du bois volé en éclats et du verre cassé. L'obscurité la plus complète. D'abominables craquements, l'ascenseur avait foncé, brisant tout sur son passage.

Soudain, les bruits cessèrent et la course se ralentit. L'ascenseur semblait voyager sur des rails, le long d'un câble, en décrivant des lacets comme les montagnes russes. Et, lorsque les lumières s'allumèrent, Charlie réalisa que, depuis quelques secondes, il ne flottait plus du tout. Il était à nouveau debout sur le sol. Mr Wonka aussi, ainsi que grand-papa Joe, Mr et Mrs Bucket et le grand lit. Quant à grand-maman Joséphine, grand-maman Georgina et grand-papa Georges, ils avaient dû tomber directement sur le lit, car maintenant tous trois se trouvaient dessus et essayaient de se glisser à quatre pattes sous les couvertures.

– Nous l'avons traversé ! hurla Mr Wonka. Nous avons réussi ! Nous y sommes !

Grand-papa Joe lui saisit la main et lui dit :

– Bravo, monsieur ! Splendide ! Magnifique !

– Où sommes-nous donc ? demanda Mrs Bucket.

– Nous sommes revenus, maman ! s'écria Charlie. Nous sommes à la chocolaterie !

– Je suis ravie de l'entendre, dit Mrs Bucket. Mais il me semble que nous avons fait un long détour.

– C'était indispensable pour éviter la circulation, dit Mr Wonka.

– Je n'ai jamais vu d'homme qui dise d'aussi énormes bêtises ! s'écria grand-maman Georgina.

– Un peu de bêtise en saupoudrage, c'est le piment de l'homme sage, dit Mr Wonka.

– Mais regardez donc où se dirige cet ascenseur fou ! brailla grand-maman Joséphine. Et arrêtez de faire la bête !

– Faites un peu la bête et ce sera la fête ! dit Mr Wonka.

– Qu'est-ce que je vous disais ! s'exclama grand-maman Georgina. Il travaille du chapeau ! Toqué comme un tonneau ! Timbré comme un vélo ! Il a une araignée dans le plafond ! Je veux rentrer à la maison !

– Trop tard ! dit Mr Wonka. Nous y sommes !

L'ascenseur s'arrêta. Les portes s'ouvrirent et Charlie se trouva une fois de plus devant la salle au chocolat avec sa rivière de chocolat et sa cascade de chocolat, dans laquelle tout, les arbres, les feuilles, les galets et même les rochers, pouvait se manger.

Des centaines et des centaines de minuscules Oompa-Loompas, qui saluaient et applaudissaient, étaient venus les accueillir. C'était un spectacle à couper le souffle. Même grand-maman Georgina en perdit la parole pendant quelques secondes. Mais pas longtemps.

– Sapristi ! Qui sont ces drôles de petits bonshommes ? demanda-t-elle.

– Des Oompa-Loompas, lui répondit Charlie. Ils sont merveilleux. Tu vas les adorer.

– Chut ! dit grand-papa Joe. Écoute, Charlie ! Les tambours se mettent à jouer. Ils vont chanter.

Alléluia ! chantèrent les Oompa-Loompas.
Oh, alléluia et hourra !
C'est le retour de Willy Wonka !
On croyait qu'il avait quitté la maison !
En nous laissant seuls pour de bon !
Nous savions qu'il devait faire face
Aux affreux monstres de l'espace,
Mais quand on a entendu crunch crunch
On s'est dit : c'est lui qui sert de lunch !

– Très bien ! hurla Mr Wonka en riant et en levant les bras. Merci pour votre accueil ! Est-ce que quelques-uns d'entre vous pourraient venir nous aider à sortir ce lit ?

Cinquante Oompa-Loompas accoururent et poussèrent le lit occupé par les trois vieux hors de

l'ascenseur. Mr et Mrs Bucket, qui semblaient dépassés par tous ces événements, suivirent. Puis vinrent grand-papa Joe, Charlie et Mr Wonka.

– À présent, dit Mr Wonka en s'adressant à grand-papa Georges, grand-maman Georgina et grand-maman Joséphine, debout ! Hors du lit ! Mettons-nous au travail ! Je suis sûr que vous voulez tous aider à faire marcher l'usine !

– Qui ça ? Nous ?

– Oui, vous ! répondit Mr Wonka.

– Vous plaisantez, dit grand-maman Georgina.

– Je ne plaisante jamais.

– Alors, écoutez-moi, monsieur, dit le vieux grand-papa Georges en se redressant dans le lit. Vous nous avez fourrés dans pas mal d'embrouillas et d'embarraminis pour la journée !

– Aussi je vous en ai tirés ! fit fièrement Mr Wonka. De même que je vais vous tirer de ce lit, vous allez voir !

13
Comment fut inventé le Forti-Wonka

– Je ne suis pas sortie de ce lit depuis vingt ans, et personne ne m'en fera sortir ! affirma grand-maman Joséphine.

– Moi non plus, dit grand-maman Georgina.

– Vous en étiez sortis, il y a un instant, dit Mr Wonka.

– Nous flottions, protesta grand-papa Georges. C'était plus fort que nous.

– Nous n'avons pas posé les pieds par terre, dit grand-maman Joséphine.

– Essayez, dit Mr Wonka. Vous vous surprendrez peut-être vous-mêmes.

– Allons, Josie, dit grand-papa Joe. Essayez. Je l'ai fait et c'était facile.

– Nous sommes parfaitement bien là où nous sommes, merci beaucoup, fit grand-maman Joséphine.

Mr Wonka soupira et secoua très lentement et très tristement la tête.

– Oh, bien, dit-il. Puisque c'est comme ça…

Il pencha la tête sur le côté et regarda pensivement les trois vieux grabataires. Charlie, qui l'observait attentivement, aperçut encore une fois une lueur s'allumer et scintiller dans ses petits yeux brillants.

« Oh, oh, songea Charlie, qu'est-ce qu'il mijote ? »

– Je suppose, reprit Mr Wonka en mettant le bout d'un doigt sur le bout de son nez et en appuyant doucement, je suppose… car il s'agit d'un cas très particulier… Je suppose que je pourrais vous économiser un petit bout de…

Il s'arrêta et secoua la tête.

– Un tout petit bout de quoi ? demanda grand-maman Joséphine sèchement.

– Non, dit Mr Wonka. Ça ne rime à rien. Vous paraissez avoir décidé de rester dans ce lit, quoi qu'il arrive. Et de toute façon, la chose est beaucoup trop précieuse pour être gaspillée. Désolé d'y avoir fait allusion.

Il commença à s'éloigner.

– Hé ! hurla grand-maman Georgina. Vous avez commencé, il faut aller jusqu'au bout ! Qu'est-ce qui est trop précieux pour être gaspillé ?

Mr Wonka s'arrêta. Il se retourna lentement. Il regarda un moment les trois vieux grabataires avec sévérité. Ils lui rendirent son regard, attendant qu'il poursuive. Il resta silencieux un petit peu plus longtemps, pour exciter leur curiosité. Derrière lui, les Oompa-Loompas, complètement immobiles, l'observaient.

– De quoi parliez-vous ? demanda grand-maman Georgina.

– Continuez, pour l'amour du ciel ! insista grand-maman Joséphine.

– Très bien, dit enfin Mr Wonka. Je vais vous le dire. Et écoutez-moi attentivement, parce que ça peut changer toutes vos vies. Ça peut même vous changer.

– Je ne veux pas être changée ! brailla grand-maman Georgina.

– Puis-je continuer, madame ? Merci. Il n'y a pas longtemps, je m'amusais dans la salle des inventions. Je remuais des produits, je les mélangeais comme je fais tous les après-midi, à 4 heures, lorsque, soudain, je réalisai que j'avais fabriqué quelque chose qui semblait peu ordinaire. Cette chose changeait continuellement de couleur sous mes yeux et, de temps à autre, elle sautait légèrement, elle sautait vraiment en l'air, comme si elle était vivante. « Qu'est-ce que nous avons là ? » m'écriai-je, et je l'apportai précipitamment à la salle des vérifications pour en donner à l'Oompa-Loompa qui était de service, à ce moment-là. Le résultat fut immédiat. Terrassant ! Incroyable ! Mais plutôt affligeant !

– Que se passa-t-il ? interrogea grand-maman Georgina.

– Effectivement, que se passa-t-il ? répéta Mr Wonka.

– Répondez-lui, dit grand-maman Joséphine. Qu'arriva-t-il à l'Oompa-Loompa ?

– Ah, dit Mr Wonka. Oui… eh bien… c'est inutile de pleurer sur les pots cassés, n'est-ce pas ? Voyez-vous, je me rendis compte que j'étais tombé sur une nouvelle vitamine, formidablement puissante, et je savais aussi que si seulement je pouvais la fabriquer sans qu'elle comporte de risques, sans qu'elle fasse à d'autres ce qu'elle avait fait à l'Oompa-Loompa…

– Qu'avait-elle fait à l'Oompa-Loompa ? demanda durement grand-maman Georgina.

– Plus j'avance en âge, plus je deviens sourd, dit Mr Wonka. Élevez un tout petit peu plus la voix la prochaine fois, s'il vous plaît. Merci beaucoup. Or, je devais absolument trouver le moyen de fabriquer cette chose sans qu'elle comporte de risques. Ainsi, les gens pourraient en prendre sans…

– Sans quoi ? aboya grand-maman Georgina.

– Sans une jambe pour se tenir droit, dit Mr Wonka. Je retroussai donc mes manches, et je me remis au travail dans la salle des inventions. Je fis mixture sur mixture. Je dus essayer à peu près toutes les mixtures qui existent sous la lune. Au fait, il y avait un petit trou, dans un mur de la salle des inventions, qui communiquait avec la salle des vérifications. Aussi pouvais-je sans cesse vérifier les mélanges sur n'importe quel volontaire qui se trouvait être de service. Eh bien les premières semaines furent drôlement déprimantes, et nous n'en parlerons pas. Mais laissez-moi plutôt vous dire ce qui arriva le cent trente-deuxième jour de mes travaux. Ce matin-là, j'avais complètement changé la mixture et, cette fois, la petite pilule que j'avais obtenue à la fin n'était pas tout à fait aussi puissante que les précédentes. Elle changeait continuellement de couleur, oui, mais elle passait seulement du jaune citron au bleu, puis de nouveau au jaune. Et lorsque je la mis dans la paume de ma main, elle ne bondit pas comme une sauterelle. Elle ne fit que tremblo-ter, et encore, à peine. Je courus au trou du mur qui conduisait à la salle des vérifications. Un très vieil Oompa-Loompa était de service, ce matin-là. C'était un vieux bonhomme chauve, ridé, édenté, dans un fauteuil roulant. Il était dans un fauteuil roulant depuis au moins quinze ans.

« Voici la vérification numéro cent trente-deux », dis-je en notant sur le tableau. Je lui tendis la pilule. Il la regarda avec inquiétude. Je ne pouvais le blâmer d'avoir un peu la frousse, après ce qui était arrivé aux cent trente et un volontaires.

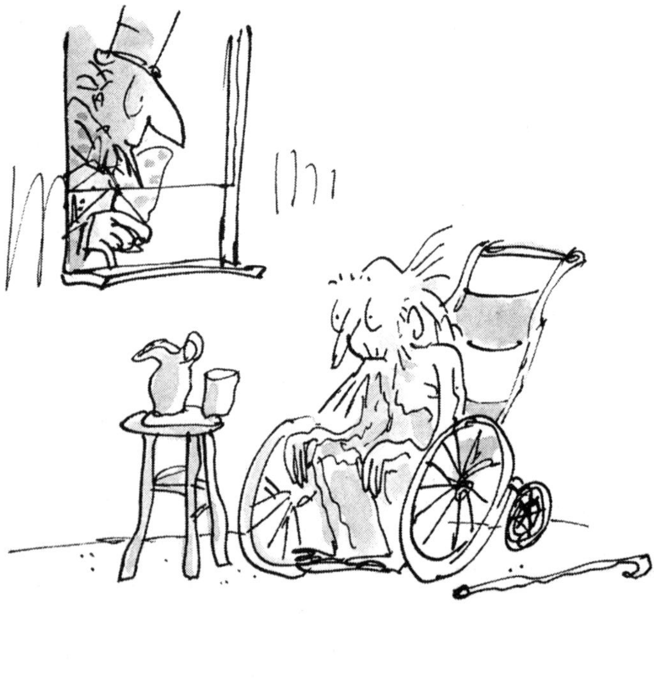

– Que leur était-il arrivé ? hurla grand-maman Georgina. Pourquoi ne répondez-vous pas à cette question au lieu de tourner autour du pot ?

– Qui sait comment naissent les roses ? fit Mr Wonka. Donc, ce brave vieil Oompa-Loompa prit la pilule et, par le truchement d'une gorgée d'eau, il l'avala. Alors il advint une chose stupéfiante. Devant mes propres yeux, d'étranges petites modifications survinrent dans son apparence. Un moment plus tôt, il était pratiquement chauve, avec juste une touffe de cheveux blancs comme neige sur les côtés et au bas du crâne. À présent, la touffe de cheveux blancs était devenue blonde et, sur tout le sommet du crâne, des cheveux dorés se mirent à pousser comme du gazon. En moins d'une demi-minute, une splendide moisson de longs cheveux dorés avait poussé. Au même moment, bon nombre de rides commencèrent à disparaître sur sa figure, pas toutes mais à peu près la moitié, ce qui le fit paraître beaucoup plus jeune. Tout ceci devait le chatouiller agréablement puisqu'il se mit à me sourire, puis à rire et, quand il ouvrit la bouche, j'eus un spectacle encore plus étrange. Sur ses vieilles gencives édentées, les dents poussaient, de bonnes dents blanches, et elles poussaient si vite que je les voyais grandir à vue d'œil ! J'étais trop éberlué pour parler. Je restais là, avec ma tête qui émergeait du trou dans le mur, fixant le petit Oompa-Loompa. Je le vis se lever lentement de son fauteuil roulant. Il posa ses jambes sur le sol et se mit debout. Il fit quelques pas. Puis il leva les yeux sur moi, la figure illuminée. Ses yeux étaient énormes et brillants comme des étoiles.

– Regardez-moi ! dit-il doucement. Miracle ! Je marche !

– C'est le Forti-Wonka, dis-je. Le grand régénérateur. Il vous a rendu la jeunesse. Quel âge avez-vous l'impression d'avoir ?

Il réfléchit bien à la question puis répondit :

– Je me sens presque comme à l'époque où j'avais cinquante ans.

– Quel âge aviez-vous, tout à l'heure, avant de prendre le Forti-Wonka ? demandai-je.

– J'ai eu soixante-dix ans à mon dernier anniversaire, répliqua-t-il.

– Donc, vous avez rajeuni de vingt ans, dis-je.

– Oui ! Oui ! s'écria-t-il, ravi. Je me sens sautillant comme une sauterelle.

– Pas vraiment, lui dis-je. Cinquante ans, c'est encore assez vieux. Voyons si je peux faire encore quelque chose pour vous. Restez là où vous êtes. Je reviens dans une minute.

Je courus à mon atelier et me mis à fabriquer une autre pilule, en utilisant exactement le même mélange que précédemment.

– Avalez ça, dis-je en lui passant la deuxième pilule à travers l'écoutille.

Cette fois-ci, il n'y avait plus à hésiter. Il la jeta prestement dans son gosier et l'avala avec un verre d'eau. Et en effet, en une demi-minute, son corps et sa figure étaient débarrassés de vingt années supplémentaires. C'était maintenant un mince et sémillant jeune Oompa-Loompa de trente ans. Il poussa un cri de joie et se mit à gambader dans la pièce, bondissant et retombant sur ses orteils.

– Êtes-vous heureux ? lui demandai-je.

– Je suis fou de bonheur ! s'écria-t-il en sautillant. Je suis heureux comme un cheval dans la prairie !

Il sortit en courant de la salle des vérifications pour se montrer à sa famille et à ses amis.

Ainsi fut inventé le Forti-Wonka ! Et il ne comporte aucun danger.

– Alors, pourquoi ne l'utilisez-vous pas vous-même ? demanda grand-maman Georgina. Vous avez dit à Charlie que vous deveniez trop vieux pour tenir l'usine. Pourquoi ne prenez-vous pas deux pilules pour rajeunir de quarante ans ? Dites-moi ça ?

– Tout le monde peut poser des questions, fit Mr Wonka, mais seules les réponses sont importantes. Maintenant, si vous, les trois grabataires, vous voulez essayer une dose…

– Une minute ! dit grand-maman Joséphine en se redressant. D'abord, j'aimerais voir cet Oompa-Loompa âgé de soixante-dix ans et qui en a maintenant trente !

Mr Wonka claqua des doigts. Un minuscule Oompa-Loompa à l'air jeune et éveillé se détacha

de la foule, accourut et exécuta une merveilleuse petite danse devant les trois vieux.

– Il y a deux semaines, il avait soixante-dix ans et il était dans un fauteuil roulant, fit Mr Wonka avec orgueil. Regardez-le !

– Les tambours, Charlie ! dit grand-papa Joe. Écoute ! Ils recommencent !

Au loin, sur la berge de la rivière de chocolat, Charlie vit l'orchestre des Oompa-Loompas recommencer à jouer. Les vingt Oompa-Loompas de l'orchestre (chacun muni d'un énorme tambour deux fois plus gros que lui) scandaient un rythme lent et mystérieux. Bientôt, les centaines d'autres Oompa-Loompas se balancèrent et se dandinèrent dans une sorte de transe. Puis ils se mirent à chanter :

Vous êtes vieux et tremblotant,
Peut-être même impotent ?
Vos muscles sont rouillés,
Votre vie est un boulet ?
Vous êtes grincheux, aigri, ingrat,
Un affreux grand-papa ?
PRENEZ DONC FORTI-WONKA !
Et hop ! Des cheveux par milliers
Et de bonnes joues dorées !
Et trente-deux dents,
Oui, oui ! Un sourire éclatant !
Pour vous, madame, votre corps de vingt ans,
Vos lèvres roses d'antan !

Et, autour de vous,
Les garçons deviendront fous.
Ils susurreront, l'air charmeur :
« Un petit baiser, mon cœur ? »
Mais attention, Forti-Wonka,
C'est beaucoup plus que cela.
Vous avez bonne mine, oui,
Mais ce n'est pas tout dans la vie.
Chaque pilule vous aura donné
VINGT NOUVELLES ANNÉES !
Alors, chers vieux amis, essayez !
Votre vie deviendra gaie, gaie, gaie !
Rien qu'une dose modeste
Et l'effet sera gigantesque !
Rien ne va plus ? N'hésitez pas !
PRENEZ DONC FORTI-WONKA !

14
La formule Forti-Wonka

– C'est ça ! s'écria Mr Wonka qui était au pied du lit et brandissait une petite bouteille. Les plus précieuses pilules du monde !

Il lança à grand-maman Georgina un coup d'œil malicieux.

– Et c'est d'ailleurs pourquoi je n'en ai pas pris moi-même. Elles sont trop précieuses pour être gâchées par moi.

Il tendit le flacon par-dessus le lit. Les trois vieux se redressèrent, étirèrent leurs maigres cous pour essayer d'apercevoir les pilules qui se trouvaient à l'intérieur. Charlie et grand-papa Joe s'approchèrent également. Mr et Mrs Bucket firent de même. Sur l'étiquette, on lisait :

FORTI-WONKA

CHAQUE PILULE VOUS RAJEUNIRA EXACTEMENT DE VINGT ANS.

ATTENTION

NE PAS DÉPASSER LA DOSE PRESCRITE PAR MR WONKA.

À l'intérieur de la bouteille, on pouvait voir des pilules jaune vif étinceler et trembler. Vibrer serait peut-être plus juste. Elles vibraient si vite qu'elles étaient floues et qu'on ne distinguait plus leur forme, rien que leur couleur. On avait l'impression qu'une chose minuscule, mais incroyablement puissante, une chose pas tout à fait de ce monde, se tenait enfermée à l'intérieur et luttait pour sortir.

– Elles s'agitent, dit grand-maman Georgina. Je n'aime pas les choses qui s'agitent. Comment savoir si elles ne continueront pas à s'agiter dans nos ventres, quand nous les aurons avalées ? Comme les

haricots sauteurs mexicains de Charlie que j'ai avalés, il y a deux ans. Tu te souviens, Charlie ?

– Je t'avais dit de ne pas en manger, grand-maman.

– Ils ont continué à sauter dans mon ventre pendant un mois, poursuivit grand-maman Georgina. Je ne pouvais plus rester tranquillement assise.

– D'abord, avant de prendre une de ces pilules, j'aimerais rudement savoir ce qu'il y a dedans, fit grand-maman Joséphine.

– Je ne vous critique pas, dit Mr Wonka. Mais la formule est extrêmement compliquée. Attendez une minute... J'ai dû la noter quelque part.

Il se mit à fouiller dans les poches de son habit à queue.

– Je sais qu'elle est par là, dit-il. Je ne peux pas l'avoir perdue. Je garde tous mes objets les plus précieux et les plus importants dans ces poches. L'ennui, c'est qu'il y en a tellement...

Il se mit à vider ses poches et à poser le contenu sur le lit : un lance-pierres maison... un yo-yo... un faux œuf sur le plat en caoutchouc... une tranche de salami... une dent plombée... un paquet de poil à gratter...

– C'est certainement là, certainement, certainement, marmonnait-il sans cesse. Je l'ai rangée si soigneusement... Ah, la voici !

Il déplia un bout de papier froissé, le lissa et se mit à lire ce qui suit :

FORMULE DU FORTI-WONKA

Prendre un bloc d'une tonne du meilleur chocolat (ou plus simple : vingt sacs de chocolat en morceaux). Mettre le chocolat dans un très grand chaudron et faire fondre sur un fourneau brûlant. Lorsque le chocolat est fondu, mettre à feu doux pour ne pas le laisser brûler, tout en maintenant à ébullition. Puis ajouter les ingrédients suivants, en respectant rigoureusement l'ordre donné, tout en remuant bien afin de dissoudre chaque ingrédient avant d'ajouter le suivant :

- le pied d'une manticore
- la trompe d'un éléphant
- trois blancs d'œufs d'un oiseau de Barbarie
- la brosse d'un sanglier
- la corne d'une vache
(surtout qu'elle corne bien !)
- la queue avant d'un cocatrix
- six onces d'os d'un gratte-sauce
- deux poils (et un chaudron)
de la tête d'un hippocampe
- le bec d'un rougeatros
- la corne d'un sabot de licorne
- les quatre tentacules d'un animalcule
- le hip (le hop et le pot) d'un hippopotame
- le mufle d'une blatte prognathe
- la mouche d'une mouche
- le chat d'une charade

- douze blancs d'œufs d'un saule-crieur
- les trois pieds d'un trapéziste justicier
(si vous ne trouvez pas les trois pieds,
un trépied suffira)
- la racine carrée d'un boulier sud-américain
- les crocs d'une vipère
(une vipère à pare-brise)
- les armes (et les décorations) d'un béton armé

Lorsque tous les ingrédients ci-dessus seront mélangés, faire bouillir vingt-sept jours de plus, sans agiter. Au bout de ces vingt-sept jours, tout le liquide se sera évaporé et il restera au fond du chaudron un gros morceau de la taille d'un ballon de foot. Brisez-le avec un marteau et au cœur même de ce morceau, vous trouverez une petite pilule ronde. Cette pilule, c'est le Forti-Wonka !

15

Au revoir, Georgina !

Lorsque Mr Wonka eut fini de lire la formule, il replia soigneusement le papier et le fourra dans sa poche.

– Ce mélange est très, très compliqué, dit-il. Aussi, ne vous étonnez pas si j'ai mis si longtemps à le mettre au point.

Il leva la bouteille, la secoua légèrement. Les pilules roulèrent bruyamment comme des billes de verre.

– Maintenant, fit-il en offrant le flacon en premier à grand-papa Georges, voulez-vous prendre une ou deux pilules, monsieur ?

– Nous jurez-vous solennellement que cela fera l'effet que vous avez dit, et rien d'autre ? demanda grand-papa Georges.

Mr Wonka mit sa main libre sur son cœur.

– Je le jure, dit-il.

Charlie s'avança tout doucement, avec grand-papa Joe. Tous deux ne se quittaient jamais.

– Excusez-moi de vous demander ça, dit Charlie, mais êtes-vous absolument sûr que c'est au point ?

– Qu'est-ce qui te fait poser une si drôle de question ? dit Mr Wonka.

– Je pensais à la gomme que vous avez donnée à Violette Beauregard, dit Charlie.

– Ah, voilà ce qui te tracassait ! s'écria Mr Wonka. Mais ne comprends-tu pas, mon cher enfant, que je n'ai jamais donné cette gomme à Violette ? Elle me l'a prise de force. J'ai crié : « Arrête ! Ne fais pas ça ! Recrache ! » Et cette petite oie ne m'a pas écouté. De toute façon, le Forti-Wonka est complètement différent. J'offre ces pilules à tes grands-parents et, même, je les leur recommande. Si l'on suit mes instructions, elles sont aussi inoffensives que du sucre candi.

– Bien sûr ! s'exclama Mr Bucket. Qu'attendez-vous, vous autres ?

Depuis qu'il avait pénétré dans la salle au chocolat, Mr Bucket avait extraordinairement changé. En temps normal, c'était quelqu'un d'assez timoré. Une vie entière consacrée à visser des capuchons sur des tubes de dentifrice dans une fabrique de pâte dentifrice avait fait de lui un homme plutôt calme et timide. Mais le spectacle de la merveilleuse chocolaterie lui avait redonné le moral. De plus, cette histoire de pilules semblait l'avoir terriblement excité.

– Écoutez ! cria-t-il en s'approchant du coin du

lit. Mr Wonka vous offre une vie nouvelle ! Profitez-en !

– C'est une sensation délicieuse, dit Mr Wonka, et c'est très rapide. En une seconde, on perd une année. À chaque seconde qui s'écoule, on perd exactement une année !

Il s'approcha et posa doucement le flacon de pilules au milieu du lit.

– Tenez, mes amis, dit-il, servez-vous.

– Allez ! crièrent en chœur tous les Oompa-Loompas.

Allons, chers vieux amis, essayez !
Votre vie deviendra gaie, gaie, gaie !
Rien qu'une dose modeste
Et l'effet sera gigantesque !
Rien ne va plus ? N'hésitez pas !
PRENEZ DONC FORTI-WONKA !

C'en était trop pour les vieux grabataires. Tous trois se jetèrent sur le flacon. Six mains décharnées jaillirent et tâchèrent de s'en emparer. Ce fut grand-maman Georgina qui l'attrapa. Elle poussa un grognement de triomphe, déboucha le couvercle et renversa toutes les petites pilules jaune vif sur la couverture, au creux de ses genoux.

Elle les protégea de ses mains pour que les autres ne puissent pas les prendre.

– Très bien ! hurla-t-elle, en les comptant vite. Il

y en a douze. Ça fait six pour moi et trois pour chacun d'entre vous !

– Hé ! Ce n'est pas juste ! brailla grand-maman Joséphine. Ça fait quatre pour chacun !

– Oui, quatre, cria grand-papa Georges. Allons, Georgina, donnez-moi ma part !

Mr Wonka haussa les épaules et leur tourna le dos. Il détestait voir les gens se montrer cupides et égoïstes.

« Laissons-les se disputer », pensa-t-il. Et il s'éloigna. Il se dirigea lentement vers la cascade de chocolat. « C'est une triste vérité, se disait-il, mais presque tous les gens se conduisent mal quand il y a un gros enjeu. Ils se battent surtout à cause de l'argent. Et ces pilules valent plus que de l'argent. Elles peuvent des choses qu'aucune somme ne pourra jamais réaliser. Chaque pilule vaut au moins un million de dollars. » Il connaissait plein de gens très riches qui auraient allégrement donné cette somme pour rajeunir de vingt ans. Il atteignit la berge, sous la cascade, et là, il regarda le chocolat fondu couler en écumant et en bouillonnant. Il aurait souhaité que le bruit de la cascade couvre la dispute des grands-parents, mais non. Même en leur tournant le dos, il entendait la majeure partie de ce qu'ils disaient.

– C'est moi qui les ai vues la première ! hurlait grand-maman Georgina. Donc, c'est moi qui partage !

– Ah, non ! vociférait grand-maman Joséphine. Il ne te les a pas données ! Il nous les a données à tous les trois !

– Je veux ma part et personne ne m'empêchera de la prendre ! hurla grand-papa Georges. Allons, femme ! Donnez-la-moi !

Puis la voix de grand-papa Joe intervint avec sévérité au milieu de la pagaille.

– Arrêtez tout de suite, vous trois ! ordonna-t-il. Vous vous conduisez comme des sauvages !

– Mêlez-vous de vos affaires, Joe ! dit grand-maman Joséphine.

– Attention, Josie, continua grand-papa Joe. Quatre pilules, c'est trop pour une seule personne.

– C'est vrai, dit Charlie. Grand-maman, pourquoi n'en prends-tu pas une ou deux comme l'a recommandé Mr Wonka ? Comme ça, grand-papa Joe, papa et maman en auraient quelques-unes.

– Oui ! s'écria Mr Bucket. J'aimerais tant en prendre une !

– Oh, ce serait merveilleux d'avoir vingt ans de moins, dit Mrs Bucket, et de ne plus avoir mal aux pieds. Maman, tu ne veux pas nous en laisser une pour chacun ?

– Non, répondit grand-maman Georgina. Ces pilules sont réservées à nous trois. Mr Wonka l'a affirmé.

– Je veux ma part ! vociféra grand-papa Georges. Allons, Georgina ! Servez-nous !

– Hé ! Laissez-moi, espèce de brute ! s'écria grand-maman Georgina. Vous me faites mal ! Ouille !... Très bien ! Je les partage si vous cessez de me tordre le bras... C'est mieux... Voici quatre pour Joséphine... quatre pour Georges... et quatre pour moi.

– Bien, dit grand-papa Georges. Où y a-t-il un verre d'eau ?

Mr Wonka n'avait même pas besoin de se retourner. Il savait que trois Oompa-Loompas allaient accourir avec trois verres d'eau. Les Oompa-Loompas étaient toujours prêts à aider. Il y eut une courte pause, puis :

– Ça y est ! L'eau arrive ! s'exclama grand-papa Georges.

– Je vais redevenir jeune et belle ! vociféra grand-maman Joséphine.

– Adieu, vieillesse ! brailla grand-maman Georgina. Tous ensemble, maintenant ! À la vôtre !

Ce fut le silence. Mr Wonka mourait d'envie de se retourner pour voir la scène mais il ne le fit pas. Du coin de l'œil, il apercevait un groupe d'Oompa-Loompas, immobiles, qui regardaient intensément vers le grand lit, près de l'ascenseur. Alors la voix de Charlie rompit le silence :

– Wow ! hurla-t-il. Regardez ça ! C'est fantastique ! C'est... c'est incroyable !

– Je n'en crois pas mes yeux ! cria grand-papa Joe. Ils rajeunissent ! Ils rajeunissent vraiment ! Regardez les cheveux de grand-papa Georges !

– Et ses dents ! fit Charlie. Hé, grand-papa ! Tu as de belles dents blanches, à présent !

– Maman ! cria Mrs Bucket à grand-maman Georgina. Oh, maman, comme tu es belle ! Tu es si jeune !

Elle désigna grand-papa Georges :

– Et papa ! continua-t-elle. Regardez comme il est beau !

– Que ressentez-vous, Josie ? demanda grand-papa Joe, tout excité. Dites-nous l'effet que ça fait d'avoir à nouveau trente ans… Attendez ! Vous avez moins de trente ans ! Vous n'avez pas plus de vingt ans, maintenant !… Si j'étais vous, je m'arrêterais ! Ça suffit ! Vingt ans, c'est assez jeune !…

Mr Wonka secoua tristement la tête et se passa une main sur les yeux. Si vous aviez été près de lui, vous l'auriez entendu murmurer : « Oh, mon Dieu ! Mon Dieu ! Les ennuis recommencent ! »

– Maman ! s'écria Mrs Bucket d'un ton alarmé. Pourquoi tu ne t'arrêtes pas, maman ? Tu exagères ! Tu as moins de vingt ans ! Tu n'as pas plus de quinze ans !… Tu as… tu as… tu as dix ans… Tu rapetisses, maman !

– Josie ! hurla grand-papa Joe. Hé, Josie, non ! Vous rétrécissez ! Vous êtes une petite fille ! Arrêtez-la ! Vite !

– Ils exagèrent, tous les trois ! s'écria Charlie.

– Ils en ont trop pris ! dit Mr Bucket.

– Maman rapetisse plus vite que les autres ! gémit

Mrs Bucket, maman ! Tu m'entends, maman ? Tu ne peux plus t'arrêter ?

– Juste ciel ! Comme ça va vite ! dit Mr Bucket qui semblait être le seul à s'amuser. Ils perdent vraiment une année par seconde !

– Mais il ne leur reste presque plus d'années ! soupira grand-papa Joe.

– Maman n'a pas plus de quatre ans ! s'écria Mrs Bucket. Elle a trois ans… deux ans… un an ! Seigneur ! Qu'est-ce qui lui arrive ? Où a-t-elle disparu ? Maman ? Georgina ! Où es-tu ? Mr Wonka ! Venez vite ! Venez, Mr Wonka ! Il est arrivé quelque chose d'effrayant ! Quelque chose ne va pas ! Ma vieille mère a disparu !

Mr Wonka soupira, se retourna et, tout à fait calme, se dirigea vers le lit.

– Où est ma mère ? brailla Mrs Bucket.

– Regardez Joséphine ! criait grand-papa Joe. Mais regardez-la, je vous en prie !

Mr Wonka regarda en premier grand-maman Joséphine. Elle était assise au milieu du lit et balançait la tête.

– C'est un bébé pleurnichard ! fit grand-papa Joe. Ma femme est un bébé pleurnichard !

– L'autre, c'est grand-papa Georges, dit Mr Bucket avec un sourire heureux. Celui qui est un tout petit peu plus grand et se balade à quatre pattes. C'est le père de ma femme !

– C'est vrai ! C'est mon père ! gémit Mrs Bucket.

Mais où est ma vieille mère, Georgina ? Elle a disparu ! Elle n'est nulle part, Mr Wonka ! Absolument nulle part ! Je l'ai vue rapetisser et, à la fin, elle était si petite qu'elle s'est évanouie dans les airs ! Je veux savoir où elle est passée ! Comment faire pour la retrouver ?

– Mesdames et messieurs, dit Mr Wonka en s'approchant et en levant les bras pour imposer silence, je vous demande de ne pas vous formaliser. Ce n'est rien…

– Vous appelez ça rien ! s'écria la pauvre Mrs Bucket. Alors que ma vieille mère a disparu et que mon père est un bébé braillard !

– Un adorable bébé, rectifia Mr Wonka.

– Ça, c'est vrai ! dit Mr Bucket.

– Et ma Josie ? cria grand-papa Joe.

– Ce qui lui est arrivé ?

– Eh bien…

– Elle va beaucoup mieux, dit Mr Wonka. Vous n'êtes pas d'accord avec moi ?

– Oh, si ! dit grand-papa Joe. Enfin, NON ! C'est un bébé et elle hurle !

– Mais elle est en parfaite santé, dit Mr Wonka. Puis-je vous demander combien de pilules elle a prises ?

– Quatre, dit grand-papa Joe, lugubre. Chacun en a pris quatre.

Mr Wonka se racla la gorge et une expression de profond chagrin envahit sa figure.

– Pourquoi, mais pourquoi les gens ne sont-ils pas plus raisonnables ? fit-il avec tristesse. Pourquoi ne m'écoutent-ils pas quand je leur dis quelque chose ? J'ai expliqué très soigneusement, auparavant, que chaque pilule rajeunit celui qui la prend de vingt ans. Donc, si grand-maman Joséphine en a pris quatre, elle a rajeuni automatiquement de vingt fois quatre, ce qui fait… attendez un peu… deux fois quatre huit… j'ajoute un zéro… ça fait quatre-vingts … donc elle a rajeuni exactement de quatre-vingts ans. Monsieur, si je peux me permettre, quel âge avait votre femme avant que cela ne se produise ?

– Elle avait quatre-vingts ans, répondit grand-papa Joe. Elle avait quatre-vingts ans et trois mois.

– Nous y voilà ! s'écria Mr Wonka avec un sourire heureux. Le Forti-Wonka a marché à la perfection ! Maintenant, elle a exactement trois mois ! Et c'est le bébé le plus rose et le plus dodu que j'aie jamais vu !

– Moi aussi, dit Mr Bucket. Elle gagnerait un prix à tous les concours.

– Le premier prix, dit Mr Wonka.

– Allons courage, grand-papa, dit Charlie en prenant la main du vieil homme dans la sienne. Ne sois pas triste. C'est un magnifique bébé.

– Madame, fit Mr Wonka en se tournant vers Mrs Bucket, voulez-vous me dire quel âge avait votre père, grand-papa Georges ?

– Quatre-vingt-un ans, gémit Mrs Bucket. Il avait juste quatre-vingt-un ans.

– Ce qui fait qu'à présent il est un grand et gros garçon d'un an, resplendissant de santé, dit joyeusement Mr Wonka.

– Il est splendide, dit Mr Bucket à sa femme. Tu vas être la première personne au monde à changer les couches de son père !

– Il peut les changer lui-même, ses sales couches ! dit Mrs Bucket. Moi, je veux savoir où est passée ma mère ! Où est grand-maman Georgina ?

– Ah, ah, fit Mr Wonka. Oh, oh oui, en effet… Où, mais où donc est passée Georgina ? Quel âge avait la dame en question ?

– Soixante-dix-huit ans, lui répondit Mr Bucket.

– Bien sûr ! s'exclama Mr Wonka en riant. Ça explique tout !

– Ça explique quoi ? glapit Mrs Bucket.

– Chère madame, dit Mr Wonka, si elle n'avait que soixante-dix-huit ans et qu'elle a pris assez de Forti-Wonka pour rajeunir de quatre-vingts ans, il est naturel qu'elle ait disparu. Elle a eu les yeux plus gros que le ventre. Elle s'est enlevé plus d'années qu'elle n'en avait.

– Expliquez-vous, dit Mrs Bucket.

– Simple question d'arithmétique, dit Mr Wonka. Enlevez quatre-vingts de soixante-dix-huit, que reste-t-il ?

– Moins deux, répondit Charlie.

– Hourra ! lança Mr Bucket. Ma belle-mère est âgée de moins deux ans !

– Impossible ! dit Mrs Bucket.

– Mais pourtant vrai, dit Mr Bucket.

– Et puis-je savoir où elle est, maintenant ? demanda Mrs Bucket.

– Bonne question, dit Mr Wonka. Très bonne question, oui vraiment. Où est-elle maintenant ?

– Vous n'en avez pas la moindre idée, n'est-ce pas ?

– Bien sûr que si, dit Mr Wonka. Je sais exactement où elle est.

– Alors, dites-moi !

– Essayez de comprendre que, si elle est âgée de moins deux ans, elle doit avoir deux ans de plus avant de pouvoir repartir à zéro. Il lui faut attendre.

– Où attend-elle ?

– Dans la salle d'attente, évidemment, répondit Mr Wonka.

BOUM BOUM ! firent les tambours de l'orchestre des Oompa-Loompas. BOUM BOUM ! BOUM BOUM ! Et les centaines d'Oompa-Loompas, qui se trouvaient dans la salle au chocolat, se mirent à se balancer, à sauter et à danser en cadence.

– Attention, attention ! chantèrent-ils.

Attention, attention ! Attention, attention !
Retenez votre respiration !
Ouvrez l'œil et le bon !
Toute votre vie en dépend.
Oh, oh, dites-vous, ça ne me concerne pas.
Ah, ah ! Et pourquoi pas ?

Laissez-moi vous raconter
L'histoire de Rose Dragée.
Le jour de ses sept ans,
Elle va chez sa grand-maman
Le lendemain, au déjeuner,
Sa grand-mère dit : « Je m'en vais !
Ma petite Rosette,
Je pars faire des emplettes ! »
Savez-vous pourquoi elle n'ajoute pas :
« Ma chérie, viens avec moi » ?
Elle s'en va au bistrot du coin
Picoler avec les copains !

La porte fermée, grand-maman partie,
Vite, Rose Dragée vérifie
Qu'elle est bien seule au logis.
Elle court vers l'armoire à pharmacie,
Et, là, ses petits yeux gloutons
Voient des dragées et des bonbons,
Des petits, des gros, de toutes les couleurs,
Des roses, des bruns, des bleus, des verts !
« Très bien, dit-elle, essayons les bruns ! »
Et hop ! elle en avale un.
« Youm, youm ! crie-t-elle. Youpi ! Hourra !
Ils sont enrobés de chocolat ! »
Elle en prend cinq, elle en prend six,
Puis dix par dix,
Jusqu'au dernier !
Quand elle saute de son tabouret,

La voilà prise de hoquet !
Sa tête se met à tourner !

La petite Rose ignorait
(Qui le lui aurait raconté ?)
Que sa vieille mémé
Était affreusement constipée,
Et que, chaque nuit, elle prenait
Un médicament approprié,
Toutes ces dragées, tous ces bonbons,
Soignaient la constipation.
Les roses, les rouges, les bleus, les verts
Avaient un effet du tonnerre !
Mais le plus actif
De ces laxatifs
Était la pilule au chocolat !
Elle ébranlait grand-maman
Au point qu'elle n'osait pas
En prendre plus de deux fois l'an.
Aussi, ne vous étonnez pas
Si Rose était dans un drôle d'état !

Ça s'agite,
Ça gronde, ça palpite,
Et puis, tout d'un coup,
Ça gargouille comme dans un égout !
On entend des bruits stridents,
Des sifflements !
Un voisin s'écrie affolé :

« Un orage va éclater ! »
Les vitres tremblent.
Les murs branlent.
Rose se prend le ventre à deux mains
En hurlant : « Je suis mal en point ! »
Ce qui est, il faut l'avouer,
Pas tellement exagéré.
N'importe qui, dans ce cas-là,
Aurait bien mal à l'estomac !
Après avoir bu son whisky,
Grand-maman rentre au logis.
Elle aperçoit sans délai
L'armoire à pharmacie dévalisée
« Mes laxatifs ! » s'écrie grand-maman.
« Je suis malade ! » réplique l'enfant.
Et la grand-mère, grommelant :
« Ça, ce n'est pas étonnant !
Pourquoi as-tu pris mes médicaments ? »
Téléphone d'urgence
Pour demander une ambulance.
« Ma petite-fille s'est empoisonnée !
Venez vite la chercher,
Sinon, elle va exploser ! »

Je ne donnerai pas de détails
Sur l'épopée de l'hôpital.
Rose y fut horriblement torturée,
Sondée, lavée, piquée.
Sans doute voulez-vous savoir

La fin de cette histoire ?
Les médecins, à son chevet,
Disent : « Elle va bientôt claquer !
Elle meurt, elle meurt, ça y est !
Elle est condamnée ! condamnée ! »
« Pas sûr ! » réplique l'enfant.
Elle ouvre ses yeux bleus tout grand,
Pousse un soupir de soulagement,
Cligne de l'œil aux médecins anxieux
Et ajoute : « Je vais beaucoup mieux ! »
Rose Dragée survécut et revint
Chez sa grand-mère, dans le Kent.
Son père vint bientôt en avion
La ramener à la maison.
Mais les ennuis de Rose Dragée
Ne faisaient que commencer !
Si l'on prend en quantité
Quelque produit dangereux,
On en gardera, c'est forcé,
Quelque souvenir affreux.
Hélas, c'était la triste chose
Qui attendait la pauvre Rose !
Elle avait pris une dose massive
De ces pilules laxatives.
Son sang, ses os furent sens dessus dessous !
Ses chromosomes devinrent fous !
Elle fut constamment perturbée,
Et ne put jamais, non jamais,
Vraiment se soigner !

Elle dut passer, la gamine,
Sept heures de toutes ses journées
Dans la mélancolie sans fin
Des latrines,
Autrement dit, des petits coins !
L'endroit est plutôt morose.
Aussi, avant qu'il ne soit trop tard,
Pensez au triste sort de Rose.
Et, toute plaisanterie mise à part,
Faites le solennel serment
De ne pas prendre de médicaments
Pour des bonbons succulents.

16
Le Wonki-Forta et la Terre des Moins

– Charlie, c'est à toi de décider, mon garçon, dit Mr Wonka. C'est ton usine. Laissons-nous grand-maman Georgina attendre deux ans ou essayons-nous de la faire revenir maintenant ?

– Vous pouvez vraiment la faire revenir ? s'écria Charlie.

– On ne risque rien d'essayer… si c'est ce que tu veux.

– Oh, oui ! Bien sûr que je veux ! Surtout pour maman ! Vous voyez comme elle est triste ?

Mrs Bucket était assise sur le bord du grand lit, et elle se tamponnait les yeux avec un mouchoir.

– Ma pauvre vieille maman, disait-elle. Elle est âgée de moins deux ans ! Je ne la verrai plus pendant des mois et des mois… je ne la reverrai peut-être plus jamais !

Derrière elle, grand-papa Joe, aidé d'un Oompa-

Loompa, donnait le biberon à son épouse de trois mois, Joséphine. À leur côté, Mr Bucket enfournait une cuillerée de bouillie Wonka dans la bouche de grand-papa Georges, et surtout sur son menton et sa poitrine.

– Flûte ! marmonnait-il furieux. Saleté de machin ! On m'a dit que j'allais passer du bon temps à la chocolaterie et je me retrouve servant de maman à mon beau-papa !

– Tout marche bien, Charlie, dit Mr Wonka qui surveillait la scène. Ils se débrouillent à merveille. On n'a plus besoin de nous. Viens avec moi. Nous partons chercher grand-maman !

Il prit Charlie par le bras et se dirigea en dansant jusqu'à la porte ouverte du grand ascenseur de verre.

– Dépêche-toi, mon cher enfant, dépêche-toi, cria-t-il. Nous devons nous presser si nous voulons arriver avant !

– Avant quoi, Mr Wonka ?

– Avant qu'on ne fasse la soustraction ! Tous les Moins résultent de soustractions. Tu ne connais pas l'arithmétique ?

Maintenant, ils se trouvaient dans l'ascenseur. Mr Wonka chercha parmi les centaines de boutons celui qu'il fallait.

– Voilà ! dit-il en posant délicatement son doigt sur un minuscule bouton en ivoire sur lequel était écrit : « Terre des Moins ».

Les portes se refermèrent en glissant. Et puis,

avec des ronflements et des sifflements effrayants, la grande machine sauta sur la droite. Charlie saisit la jambe de Mr Wonka et la serra de toutes ses forces. Mr Wonka tira un strapontin du mur et dit :

– Assieds-toi vite, Charlie, et attache-toi ! Le voyage va être rude et agité !

Il y avait des courroies de chaque côté du siège et Charlie s'attacha solidement. Mr Wonka tira un second siège et fit de même.

– Nous allons descendre très loin, dit-il. Oh, oui. très loin.

L'ascenseur gagnait de la vitesse. Il tanguait et faisait des embardées. Il se déporta brusquement sur la gauche, puis sur la droite, puis encore à gauche tout en descendant.

– Tout ce que je souhaite, dit Mr Wonka, c'est que les Oompa-Loompas n'utilisent pas l'autre ascenseur, aujourd'hui.

– Quel autre ascenseur ? demanda Charlie,

– Celui qui va dans l'autre sens, sur la même voie.

– Sacrés serpents, Mr Wonka ! Il pourrait nous rentrer dedans ?

– Jusqu'ici, j'ai eu de la chance, mon garçon… Hé ! Regarde au-dehors ! Vite !

À travers la vitre, Charlie aperçut la paroi rocheuse, brune et escarpée de ce qui lui sembla être une énorme carrière et, sur cette paroi, il y avait des centaines d'Oompa-Loompas qui travaillaient avec des pics et des foreuses mécaniques.

– Un rocher candi, dit Mr Wonka. C'est la mine la plus riche de rochers candis du monde.

L'ascenseur filait.

– Nous nous enfonçons, Charlie. Nous nous enfonçons encore. Nous sommes déjà à environ deux cent mille pieds sous terre.

D'étranges spectacles apparaissaient à l'extérieur, mais l'ascenseur allait à une allure si effrayante que Charlie pouvait à peine les apercevoir. Une fois, il pensa voir au loin un groupe de maisons minuscules qui avaient la forme de tasses renversées, et, entre ces maisons, dans les rues, marchaient des Oompa-Loompas. Une autre fois, alors qu'ils passaient devant une sorte de vaste plaine rouge avec, semblait-il, des derricks de pétrole, il vit jaillir de terre un grand jet d'un liquide marron.

– Un gisement chocolatifère ! s'écria Mr Wonka en battant des mains. Un colossal, un énorme gisement ! C'est splendide ! Juste au moment où nous en avions besoin !

– Un gisement chocoliquoi ? demanda Charlie.

– Un gisement de chocolat, mon garçon ! Encore un champ chocolatifère ! Oh, quel magnifique jet ! Regarde-moi ça !

Tandis qu'ils continuaient à descendre, des centaines de visions stupéfiantes (et ce n'est pas exagéré !) surgissaient à l'extérieur. Il y avait des roues dentées géantes qui tournaient, des mixeurs qui mixaient, des bouillons qui bouillonnaient, de vastes vergers d'arbres à pommes au caramel, des lacs de la taille de terrains de football remplis de liquides bleus, verts et dorés, et, partout, des Oompa-Loompas.

– Tu réalises, dit Mr Wonka, que ce que tu as vu auparavant quand tu as visité l'usine avec ces vilains petits enfants n'était qu'un minuscule coin de la chocolaterie. Elle descend sous terre sur des miles et des miles. Et, dès que possible, nous en ferons le tour en prenant bien notre temps. Mais ça prendra trois semaines. Maintenant, il faut nous occuper d'autres choses. J'ai des nouvelles importantes à t'apprendre. Écoute-moi, Charlie. Je parle vite car nous arrivons dans deux minutes. Je suppose que tu as deviné ce qui est arrivé à ces Oompa-Loompas dans la salle des vérifications, lorsque j'ai essayé le Forti-Wonka. Bien sûr, tu as deviné. Ils ont disparu et sont devenus des Moins, comme ta grand-maman Georgina. La formule était beaucoup trop forte. L'un d'entre eux est même devenu un Moins quatre-vingt-sept ans. Tu imagines !

– Ça veut dire qu'il devra attendre quatre-vingt-sept ans avant de pouvoir revenir ? demanda Charlie.

– Voilà le hic, mon garçon. Après tout, on ne peut pas accepter que ses meilleurs amis attendent quatre-vingt-sept ans comme de misérables Moins.

– Et qu'ils soient soustraits, dit Charlie. Ce serait terrifiant.

– Bien sûr, Charlie. Aussi, qu'ai-je fait ? Willy Wonka, me suis-je dit, si tu peux inventer du Forti-Wonka pour rajeunir les gens, tu peux sûrement. Dieu merci, inventer autre chose pour les vieillir.

– Ah ! s'écria Charlie. Je vois où vous voulez en venir. Alors, vous changeriez les Moins en Plus et vous les ramèneriez à la chocolaterie !

– Précisément, mon cher enfant, précisément, en supposant toujours, évidemment, que je puisse découvrir où sont allés les Moins !

L'ascenseur plongeait, piquait vers le centre de la Terre. Maintenant, au-dehors, tout était noir. On ne voyait plus rien.

– Une fois de plus, continua Mr Wonka, je retroussai mes manches et me mis à l'ouvrage. Une fois de plus, je me raclai la cervelle, en quête d'une nouvelle formule. Je devais créer de l'âge… vieillir les gens… les rendre vieux, plus vieux, de plus en plus vieux… « Ah, ah ! m'écriai-je, car les idées commençaient à venir, quelle est la plus vieille chose au monde ? Qu'est-ce qui vit plus longtemps que tout le reste ? »

– Un arbre, dit Charlie.

– Exact, Charlie ! Mais quelle sorte d'arbre ? Ni le sapin Douglas, ni le chêne, ni le cèdre. Non, non, mon garçon. C'est un arbre qui s'appelle le pin Bristlecone, qui pousse sur les côtes du Wheeler Peak, dans le Nevada, aux États-Unis. On en trouve qui ont plus de quatre mille ans ! C'est un fait, Charlie. Demande à n'importe quel arborichronologue (et fais-moi le plaisir de vérifier ce mot dans le dictionnaire, quand tu reviendras à la maison). Donc, cela me fit démarrer. Je bondis dans le grand ascenseur de verre et filai de par le monde pour recueillir des spécimens des plus vieilles choses vivantes :

- *une pinte de sève d'un pin Bristle de 4 000 ans*
- *des rognures d'ongles de pieds d'un fermier russe de 168 ans nommé Petrovitch Gregorovitch*
- *un œuf pondu par une tortue de 200 ans appartenant au roi du Tonga*
- *la queue d'un cheval d'Arabie de 51 ans*
- *les moustaches d'un chat de 36 ans nommé Maboul*
- *la vieille mouche qui a vécu 36 ans sur Maboul*
- *la queue d'un rat géant du Tibet de 207 ans*
- *les chicots d'un mistigri de 97 ans vivant dans une grotte sur le mont Popocatepelt*
- *les articulations d'un cattalou du Pérou de 700 ans*

« J'ai dépisté de très très vieux animaux dans le monde entier. Charlie, et j'ai pris à chacun un important petit bout de quelque chose qui lui appartenait, un poil, un sourcil ou quelquefois même seulement une once ou deux de la confiture raclée entre ses orteils, pendant son sommeil. J'ai dépisté le COCHON À SIFFLET, le BOBOLINK, le SKROCK, le POLLYFROG, le CURLICUE GÉANT, le LINGOT PIQUANT et le SQUERKLE VENIMEUX qui peut t'envoyer son venin dans l'œil à cinquante yards. Mais ce n'est pas le moment d'en parler, Charlie. J'ajoute qu'à la fin, après avoir fait mes ébullitions, mes bouillons, mes mélanges et mes tests dans la salle des inventions, j'ai fabriqué une toute petite cuillerée d'un liquide noir et visqueux et j'en ai donné quatre gouttes à un brave volontaire Oompa-Loompa de vingt ans, pour voir ce qui allait se passer.

– Que s'est-il passé ? demanda Charlie.

– Ce fut fantastique ! s'écria Mr Wonka. Au moment où il l'avala, il se mit à se rider et à se ratatiner de partout. Ses cheveux commencèrent à se clairsemer, ses dents à tomber et, en un clin d'œil, il était devenu soudain un vieux de soixante-cinq ans. Et c'est ainsi, mon cher Charlie, que fut inventé le Wonki-Forta !

– Avez-vous sauvé tous les Oompa-Loompas Moins, Mr Wonka ?

– Tous, mon garçon ! Cent trente et un en tout ! Attention, ce ne fut pas si facile que ça, ce fut compliqué et il y eut des tas de pépins... Mon Dieu !

Nous sommes presque arrivés ! J'arrête de parler, il faut que je voie où nous allons.

Charlie réalisa que l'ascenseur avait ralenti et faisait moins de bruit. On aurait dit qu'il flottait.

– Défais tes courroies, dit Mr Wonka. Il faut se préparer à l'action.

Charlie défit ses courroies et regarda au-dehors. C'était un spectacle à vous donner le frisson. Mr Wonka et lui flottaient dans une lourde brume grise qui tourbillonnait et sifflait autour d'eux comme si elle était ballottée par les vents. Au loin, plus sombre, presque noire, elle semblait tournoyer avec plus de violence. Mr Wonka fit coulisser les portes qui s'ouvrirent.

– Reste en arrière, dit-il. Ne tombe pas, quoi qu'il arrive, Charlie !

La brume pénétra dans l'ascenseur. Elle avait une odeur âcre de renfermé, comme dans un vieux donjon souterrain. Le silence était écrasant. Il n'y avait pas le moindre son, ni le chuchotement du vent, ni la voix de quelque créature, ni le bruit d'un insecte. Au milieu de ce néant gris et inhumain, Charlie avait une impression étrange et effrayante, comme s'il se trouvait dans un autre monde où l'homme ne devait jamais pénétrer.

– La Terre des Moins ! chuchota Mr Wonka. Nous y sommes, Charlie ! Maintenant, le problème, c'est de la trouver. Peut-être aurons-nous de la chance... et peut-être pas !

17

Sauvetage sur la Terre des Moins

– Je n'aime pas du tout cet endroit, murmura Charlie. Il me donne le frisson.

– À moi aussi, lui répliqua Mr Wonka. Mais nous avons une tâche à accomplir, Charlie, et nous devons la mener à bien.

Maintenant, la brume se condensait sur les parois de verre de l'ascenseur. Il était difficile de voir au-dehors, sauf à travers les portes ouvertes.

– Est-ce que d'autres créatures vivent ici, Mr Wonka ?

– Des tas de Gnoulis.

– Sont-ils dangereux ?

– Oui, s'ils te mordent. Si tu es mordu par un Gnouli, tu es cuit, mon garçon.

L'ascenseur continuait à flotter, en se balançant doucement d'un côté, de l'autre. L'épais brouillard gris sombre les enveloppait de ses spirales.

– À quoi ressemblent les Gnoulis, Mr Wonka ?

– Ils ne ressemblent à rien, Charlie. Ils sont indescriptibles.

– Vous n'en avez donc jamais vu ?

– On ne peut pas voir les Gnoulis, mon garçon. On ne peut même pas les sentir... jusqu'à ce que toi, tu sentes leur piqûre... Alors, il est trop tard. Ils t'ont eu.

– Ça veut dire que... il y en a peut-être plein autour de nous, en ce moment ?

– Peut-être, répondit Mr Wonka.

Charlie en avait la chair de poule.

– Est-ce qu'on meurt tout de suite ?

– D'abord, on te soustrait... un peu plus tard, on te divise, mais très lentement... cela prend très longtemps... c'est une très longue et très douloureuse division. Ensuite, tu deviens comme eux.

– On ne peut pas fermer la porte ? demanda Charlie.

– Hélas, non, mon garçon. On ne verrait pas ta grand-mère à travers la vitre. Il y a trop d'humidité, trop de brouillard. De toute façon, ce ne sera pas facile de la retrouver.

Charlie se tenait devant la porte ouverte de l'ascenseur et scrutait les vapeurs tourbillonnantes. « Voilà à quoi doit ressembler l'enfer, songeait-il, un enfer glacial, avec quelque chose de maléfique, d'incroyablement diabolique. » Tout était si horriblement calme, si vide, si désolé... En même temps, le balancement et le tournoiement perpétuels des vapeurs brumeuses donnaient le sentiment de quelque force mauvaise, très maligne, très puissante. Charlie sentit quelque chose lui piquer le bras. Il bondit et faillit presque tomber hors de l'ascenseur.

– Excuse-moi, dit Mr Wonka. Ce n'est que moi.

– Oooh… haletait Charlie. Un moment, j'ai cru que…

– Je sais ce que tu as cru, mon garçon… et d'ailleurs, je suis drôlement content de t'avoir avec moi. Aimerais-tu venir ici seul comme je l'ai fait… comme j'ai dû le faire plusieurs fois ?

– Oh, non ! répondit Charlie.

– La voilà ! dit Mr Wonka en désignant un point. Non, ce n'est pas elle !… Oh, mon Dieu ! Un moment, j'aurais juré l'avoir vue là-bas, sur le bord de cette tache sombre. Observe bien, Charlie.

– Là ! dit Charlie. Là-bas ! Regardez !

– Où ? fit Mr Wonka. Montre-moi, Charlie.

– Elle est… elle est repartie. On dirait qu'elle s'est évanouie, dit Charlie.

Ils scrutaient toujours les volutes grises, devant la porte de l'ascenseur.

– Là ! Vite ! Là-bas ! cria Charlie. Vous la voyez ?

– Oui, Charlie ! Je la vois ! Je me rapproche.

Mr Wonka vint vers lui et se mit à toucher quelques boutons.

– Grand-maman ! appela Charlie. Nous sommes venus te chercher, grand-maman !

Ils la voyaient faiblement à travers la brume, très très faiblement. Et, à travers elle, ils voyaient aussi la brume. Elle était transparente. Elle n'existait presque plus. Ce n'était plus qu'une ombre. Ils apercevaient son visage et les contours indistincts de son corps enveloppé dans une sorte de robe. Elle n'était pas debout, mais flottait à l'horizontale dans les vapeurs tourbillonnantes.

– Pourquoi est-elle allongée ? chuchota Charlie.

– Parce que c'est une Moins, Charlie. Tu sais sûrement à quoi ressemble un signe moins… À ça…

Mr Wonka dessina dans l'air une ligne horizontale. L'ascenseur avançait en glissant. L'ombre fantomatique de la figure de grand-maman Georgina n'était plus qu'à un yard. Charlie étendit la main à travers la porte pour la toucher, mais il n'y avait rien à toucher. Sa main lui traversa la peau.

– Grand-maman ! fit-il, affolé.

Elle s'éloigna en flottant.

– Reste en arrière ! ordonna Mr Wonka.

Et soudain, de quelque mystérieux endroit de son habit à queue, il fit surgir une pompe à vaporiser. C'était un objet dans le genre de ces vieux tue-mouches, que les gens utilisaient autrefois, avant l'invention des aérosols. Il le pointa droit sur grand-maman Georgina et appuya sur la pompe… UNE FOIS, DEUX FOIS, TROIS FOIS ! À chaque fois jaillit un fin jet noir. Grand-maman Georgina disparut instantanément.

– J'ai fait mouche ! s'écria Mr Wonka en gambadant de joie. Sans même recharger ! J'ai fait d'elle une Plus ! Vite fait, bien fait ! Le Wonki-Forta, c'est ça !

– Où a-t-elle disparu ? demanda Charlie.

– Là d'où elle venait, bien sûr ! À la chocolaterie ! Elle n'est plus une Moins, mon garçon ! C'est une Plus à cent pour cent pur sang ! Allons, viens ! Sortons vite d'ici avant que les Gnoulis ne nous trouvent !

Mr Wonka appuya sur un bouton. Les portes se fermèrent, et le grand ascenseur de verre monta d'un bond.

– Assieds-toi et attache-toi, Charlie ! dit Mr Wonka. Et cette fois, bombons vers la chocolaterie !

L'ascenseur rugit et s'éleva en direction de la surface de la Terre. Mr Wonka et Charlie, assis côte à côte sur leurs petits strapontins, s'attachèrent solidement. Mr Wonka remit la pompe à vaporiser dans l'énorme poche nichée quelque part dans son habit à queue.

– Quel dommage qu'on doive utiliser une vieille chose bête comme celle-ci ! dit-il. Pourtant, c'est la seule façon d'agir. L'idéal, bien sûr, ce serait de mesurer exactement le bon nombre de gouttes dans une cuillère à café et de l'introduire soigneusement dans la bouche. Mais c'est impossible de donner quoi que ce soit à manger à un Moins. C'est comme essayer de nourrir sa propre ombre.

Voilà pourquoi je dois utiliser cette pompe à vaporiser. Il faut asperger partout, mon garçon ! C'est le seul moyen !

– Ça a bien marché, malgré tout, n'est-ce pas ? dit Charlie.

– Oh, ça a très bien marché, Charlie ! Ça a magnifiquement marché. Mais obligatoirement, il y a eu trop de produit.

– Je ne comprends pas, Mr Wonka.

– Mon cher enfant, il faut seulement quatre gouttes de Wonki-Forta pour changer un jeune Oompa-Loompa en vieillard...

Mr Wonka leva les mains puis les laissa mollement retomber sur ses genoux.

– Alors, grand-maman en a trop reçu ? demanda Charlie qui avait légèrement pâli.

– Je crains que ce ne soit un euphémisme, dit Mr Wonka.

– Pourquoi lui en avez-vous donné autant ? dit Charlie, de plus en plus inquiet. Pourquoi l'avez-vous aspergée trois fois ? Elle doit en avoir reçu des pintes et des pintes.

– Des gallons ! s'écria Mr Wonka en se tapant sur les cuisses. Des gallons et des gallons ! Mais ne te tracasse pas pour ce détail, mon petit Charlie. L'important, c'est de l'avoir ramenée ! Elle n'est plus une Moins. C'est une adorable Plus !

Pour être Plus, qu'est-ce qu'elle est Plus !
Elle est plus Plus que vous plus moi
Mais quel âge a donc cette Plus ?
Quel âge a-t-elle, maintenant ?
A-t-elle plus de cent trois ans ?

18

La plus vieille personne du monde

– Nous allons faire une entrée triomphale, Charlie ! cria Mr Wonka tandis que le grand ascenseur de verre commençait à ralentir. Une fois de plus, ta chère famille va se trouver réunie !

L'ascenseur s'arrêta. Les portes s'ouvrirent doucement. Et devant eux se trouvait la salle au chocolat avec la rivière de chocolat et, au milieu, le grand lit des trois vieux grands-parents.

– Charlie ! dit grand-papa Joe en s'élançant vers eux. Dieu merci, tu es revenu !

Charlie l'embrassa. Puis il embrassa sa mère et son père.

– Est-ce que grand-maman Georgina est là ? demanda-t-il.

Personne ne répondit. Seul, grand-papa Joe désigna le lit, mais sans oser le regarder. D'ailleurs, personne ne regardait le lit, sauf Charlie. Il s'approcha pour mieux voir, et aperçut à un bout les deux bébés, grand-maman Joséphine et grand-papa Georges qui dormaient paisiblement, blottis à l'intérieur. Et à l'autre bout…

– N'aie pas peur, dit Mr Wonka en accourant et en posant une main sur le bras de Charlie. C'était obligé qu'elle devienne une sur-Plus. Je t'avais averti.

– Qu'avez-vous fait d'elle ? s'écria Mrs Bucket. Ma pauvre vieille mère !

Appuyée contre les coussins, à l'autre bout du lit, se trouvait la chose la plus extraordinaire que Charlie avait jamais vue. Était-ce un vieux fossile ? Impossible, car cela bougeait légèrement. Et cela émettait des sons ! Des coassements, le genre de sons qu'émettrait une très vieille grenouille si elle savait quelques mots.

– Eh bien, eh bien… coassa la chose, mais c'est ce petit Charlie !

– Grand-maman ! s'exclama Charlie. Grand-maman Georgina ! Oh… oh… oh !

La minuscule figure de grand-maman ressemblait à un pruneau séché. Il y avait tellement de plis et de rides qu'on ne lui voyait presque plus la bouche, les yeux ni même le nez. Ses cheveux étaient tout blancs, et ses mains, posées sur la couverture, n'étaient plus que des bouts de peau chiffonnés.

La présence de cette aïeule semblait avoir terrifié non seulement Mr et Mrs Bucket mais aussi grand-papa Joe qui se tenait à l'arrière, loin du lit. Mr Wonka, quant à lui, gardait sa bonne humeur.

– Chère madame ! s'écria-t-il en s'avançant au bord du lit et en prenant l'une des petites mains ridées entre les siennes. Bienvenue chez nous ! Comment allez-vous par cet éclatant jour de gloire ?

– Pas trop mal, coassa grand-maman Georgina. Pas mal du tout... étant donné mon âge.

– Parfait ! dit Mr Wonka. Brave fille ! Maintenant, il ne nous reste plus qu'à trouver votre âge exact. Alors, nous pourrons passer à l'action suivante !

– Vous ne passerez pas à l'action suivante, dit Mrs Bucket. Vous avez déjà fait suffisamment de dégâts comme ça !

– Voyons, chère vieille niguedouille embrouille, fit Mr Wonka en se tournant vers Mrs Bucket. Quelle importance si notre vieille amie est devenue un brin trop âgée ? Nous pouvons rétablir ça en un instant ! Avez-vous oublié le Forti-Wonka ? Avez-vous oublié que chaque comprimé vous rajeunit de vingt ans ? Nous allons nous occuper d'elle. En un clin d'œil, nous allons la transformer en une rougissante jeune fille en fleur !

– À quoi bon puisque son mari porte encore des couches-culottes ? gémit Mrs Bucket en montrant du doigt grand-papa Georges qui dormait paisiblement.

– Madame, dit Mr Wonka, une seule chose à la fois...

– Je vous interdis de lui donner cette saleté de Forti-Wonka, dit Mrs Bucket. Vous allez encore la changer en Moins, aussi sûr que je me trouve ici !

– Je ne veux pas être une Moins ! coassa grand-maman Georgina. Si je dois encore retourner sur cette affreuse Terre des Moins, les Gnoulis me gnouleront !

– Ne craignez rien, dit Mr Wonka. Cette fois-ci, c'est moi qui dirigerai les opérations. Je veillerai personnellement à ce que vous preniez la bonne dose. Écoutez-moi attentivement. Je ne peux pas savoir combien de pilules je dois vous donner sans connaître votre âge. Évident, n'est-ce pas ?

– Pas évident du tout, dit Mrs Bucket. Pourquoi

ne pas lui donner une pilule à la fois, pour plus de sûreté ?

– Impossible, madame. Dans des cas très sérieux comme celui-ci, le Forti-Wonka ne marche pas du tout s'il est donné à petites doses. On doit tout prendre en une seule fois. Il faut attaquer ferme. Une seule pilule ne la changerait absolument pas. Elle est à un stade trop avancé. C'est tout ou rien.

– Non, fit Mrs Bucket d'un ton décidé.

– Si, fit Mr Wonka. Chère madame, je vous en prie, écoutez-moi. Si vous avez un très sérieux mal de crâne, et qu'il vous faut trois aspirines pour le soulager, cela ne servira à rien de n'en prendre qu'une à la fois et d'attendre quatre heures pour prendre la suivante. Vous ne vous soignerez jamais de cette façon. Il vous faut toutes les avaler d'une seule traite. Même chose avec le Forti-Wonka. Puis-je commencer ?

– Oh, d'accord, comme vous voudrez, dit Mrs Bucket.

– Bien, dit Mr Wonka en faisant un petit bond et en décrivant des moulinets aériens avec les pieds. Maintenant, quel âge avez-vous, chère grand-maman Georgina ?

– Je ne sais pas, coassa-t-elle, j'ai perdu le compte de toutes ces années.

– N'en avez-vous aucune idée ? demanda Mr Wonka.

– Bien sûr que non, fit la vieille femme d'une

voix inarticulée. Si vous étiez aussi vieux que moi, vous en seriez au même point.

– Réfléchissez ! dit Mr Wonka. Il faut que vous réfléchissiez !

La minuscule figure de pruneau ridé se ratatina plus que jamais. Les autres attendaient. Les Oompa-Loompas, captivés par le spectacle de cette antiquité, s'approchèrent du lit. Les deux bébés dormaient toujours.

– Avez-vous cent ans ? dit Mr Wonka. Ou cent dix ans ? Ou cent vingt ans ?

– C'est inutile, coassa-t-elle. Je n'ai jamais été douée pour les chiffres.

– Catastrophe ! s'écria Mr Wonka. Si vous ne pouvez pas dire votre âge, je ne pourrai pas vous aider ! Je n'ose pas prendre le risque de vous donner trop de produit !

La désolation s'empara de tous, y compris, pour une fois, de Mr Wonka lui-même.

– Vous avez fait du propre ! dit Mrs Bucket.

– Grand-maman, dit Charlie en s'approchant du lit, écoute-moi, grand-maman. Ne te tracasse pas pour savoir ton âge exact. Essaie plutôt de penser à un événement... à quelque chose qui t'est arrivé... que tu aimais... un souvenir, un souvenir aussi vieux que possible... ça peut nous aider...

– Des tas de choses me sont arrivées, Charlie... tant de choses, tant de choses me sont arrivées...

– Mais tu ne te rappelles pas l'une d'elles, grand-maman ?

– Oh, je ne sais pas, mon petit... sans doute je pourrais me rappeler une ou deux choses si je me concentrais...

– Bien, grand-maman, bien ! dit Charlie avec fébrilité. Quel est ton plus vieux souvenir ?

– Oh, mon cher enfant, ça nous ramènerait à quelques années en arrière, n'est-ce pas ?

– Quand tu étais petite, grand-maman, comme moi, tu ne te rappelles pas quelque chose que tu as fait quand tu étais petite ?

Les minuscules yeux noirs et enfoncés brillèrent faiblement, et une espèce de sourire anima les coins de la petite fente presque invisible de la bouche.

– Il y avait un bateau, dit-elle, je me souviens d'un bateau. Je ne l'oublierai jamais...

– Vas-y, grand-maman ! Quelle sorte de bateau ? Tu étais dessus ?

– Bien sûr, mon petit... nous avons tous navigué sur ce bateau...

– D'où êtes-vous partis ? Où alliez-vous ? continuait Charlie, tout excité.

– Oh, non, je ne pourrai pas te le dire... Je n'étais qu'une toute petite fille...

Elle se recoucha sur le coussin et ferma les yeux. Charlie l'observait, attendant la suite. Tout le monde attendait sans bouger.

– Il avait un joli nom, ce bateau… un joli nom… un si joli nom… et, bien sûr, je n'arrive pas à le retrouver…

Charlie, assis au bord du lit, sursauta. Son visage était illuminé de joie.

– Si je dis le nom, grand-maman, tu le reconnaîtras ?

– Peut-être, Charlie… oui… peut-être oui…

– Le *MAYFLOWER !* cria Charlie.

La tête de la vieille femme se souleva brusquement du coussin.

– C'est ça ! coassa-t-elle. Tu as trouvé, Charlie ! Le *Mayflower*… un si joli nom…

– Grand-papa ! fit Charlie en dansant de joie. En quelle année le *Mayflower* est-il parti pour l'Amérique ?

– Le *Mayflower* est parti du port de Plymouth le 6 septembre 1620, répondit grand-papa Joe.

– Plymouth… coassa la vieille femme. Ça me dit quelque chose. Oui, ça peut très bien être Plymouth…

– 1620 ! cria Charlie. Oh, mon Dieu ! Ça veut dire que tu as… Fais le compte, grand-papa !

– Eh bien, dit grand-papa Joe, enlevons 1620 de 1972… ça fait… ne me bouscule pas, Charlie… ça fait trois cent cinquante-deux.

– Lapins pimpants ! hurla Mrs Bucket. Elle a trois cent cinquante-deux ans !

– Elle en a plus, dit Charlie. Quel âge as-tu dit

que tu avais, grand-maman, quand tu étais sur le *Mayflower* ? Huit ans ?

– Je crois que je n'étais qu'une toute petite fille… Je n'avais sans doute pas plus de six ans…

– Alors, elle a trois cent cinquante-huit ans ! fit Charlie, le souffle coupé.

– Le Wonki-Forta, c'est ça ! intervint fièrement Mr Wonka. Je vous avais dit que c'était un truc très puissant.

– Trois cent cinquante-huit ans ! dit Mr Bucket. Incroyable !

– Imagine tout ce qu'elle a vu dans sa vie ! dit grand-papa Joe.

– Ma pauvre vieille mère ! gémit Mrs Bucket. Qu'est-ce que…

– Patience, chère madame, dit Mr Wonka. Nous arrivons au moment le plus intéressant. Apportez-moi le Forti-Wonka !

Un Oompa-Loompa accourut avec un gros flacon et le donna à Mr Wonka qui le posa sur le lit.

– Quel âge veut-elle avoir ? demanda-t-il.

– Soixante-dix-huit ans, affirma Mrs Bucket. Exactement l'âge qu'elle avait avant toutes ces imbécillités !

– Sans doute préférerait-elle être un peu plus jeune ? dit Mr Wonka.

– Certainement pas ! dit Mrs Bucket. C'est trop risqué !

– Trop risqué, trop risqué ! coassa grand-maman Georgina. Vous referez de moi une Moins si vous voulez être trop malin !

– Comme vous voudrez, dit Mr Wonka. Eh bien, faisons quelques opérations.

Un autre Oompa-Loompa trottina vers lui en lui tendant une ardoise.

Mr Wonka prit un bout de craie dans sa poche et écrivit :

– Quatorze pilules de Forti-Wonka exactement ! dit Mr Wonka.

Le Oompa-Loompa emmena l'ardoise. Mr Wonka

prit le flacon sur le lit, l'ouvrit et compta quatorze petites pilules jaune vif.

– De l'eau ! dit-il.

Un autre Oompa-Loompa accourut avec un verre d'eau. Mr Wonka jeta les quatorze pilules dans le verre.

L'eau se mit à pétiller.

– Buvez pendant que ça fait des bulles, dit-il en élevant le verre jusqu'à la bouche de grand-maman Georgina. D'une seule gorgée !

Elle le but. Mr Wonka fit un bond en arrière et sortit une grosse montre de sa poche.

– N'oubliez pas ! cria-t-il. Un an par seconde ! Elle doit rajeunir de deux cent quatre-vingts ans ! Ça lui prendra quatre minutes quarante secondes. Regardez les siècles s'écouler !

La salle était si silencieuse qu'ils pouvaient entendre le tic-tac de la montre de Mr Wonka. D'abord, rien ne sembla se passer. L'aïeule ferma les yeux et s'allongea dans le lit. De temps en temps, la peau ridée de sa figure était agitée de tics, et ses petites mains tressautaient, mais c'était tout…

– Une minute ! annonça Mr Wonka. Elle a soixante ans de moins.

– Moi, je ne trouve pas qu'elle ait changé, déclara Mr Bucket.

– Vous avez raison, dit Mr Wonka. Quand on a plus de trois cents ans, soixante ans de moins, ce n'est rien du tout !

– Ça va, maman ? demanda Mrs Bucket avec inquiétude. Parle-moi, maman !

– Deux minutes ! annonça Mr Wonka. Elle a cent vingt ans de moins !

Maintenant, des changements précis commençaient à apparaître sur la figure de la vieille femme. Sa peau tremblait de partout, certaines de ses rides les plus profondes s'estompaient, sa bouche et son nez devenaient plus nets.

– Maman ! cria Mrs Bucket. Ça va bien ? Parle-moi, maman, s'il te plaît !

Soudain, avec une brusquerie qui fit sursauter tout le monde, la vieille femme s'assit toute droite dans le lit et se mit à hurler :

– Vous avez entendu les nouvelles ! L'amiral Nelson a battu les Français à Trafalgar !

– Elle devient folle ! dit Mr Bucket.

– Non point, dit Mr Wonka. Elle traverse le XIXe siècle. Trois minutes !

Maintenant, de seconde en seconde, elle était de moins en moins ridée et s'animait au fur et à mesure. C'était un merveilleux spectacle.

– Gettysburg ! s'écria-t-elle. Le général Lee est en déroute !

Et, quelques secondes plus tard, elle poussa un grand cri angoissé :

– Il est mort, il est mort ! Dit-elle.

– Qui est mort ? dit Mr Bucket en allongeant le cou.

– Lincoln ! gémit-elle. Et le train continue de rouler…

– Elle doit l'avoir vu ! dit Charlie. Elle doit y avoir assisté !

– Elle y est ! dit Mr Wonka. En tout cas, elle y était, il y a quelques secondes.

– Est-ce que quelqu'un va m'expliquer… ? dit Mrs Bucket.

– Quatre minutes ! annonça Mr Wonka. Encore quarante secondes ! Il ne lui reste plus qu'à rajeunir de quarante ans !

– Grand-maman ! s'écria Charlie en accourant vers elle. Tu ressembles presque exactement à ce que tu étais ! Oh, comme je suis content !

– Espérons que ça s'arrêtera au bon moment, dit Mrs Bucket.

– Je parie que ça ne s'arrêtera pas, dit Mr Bucket. Il y a toujours quelque chose qui cloche.

– Pas lorsque c'est moi qui m'en occupe, monsieur, dit Mr Wonka. Le temps s'est écoulé ! Elle a soixante-dix-huit ans ! Comment vous sentez-vous, chère madame ? Est-ce que vous allez bien ?

– Je me sens à peu près bien, dit-elle. À peu près. Mais ce n'est pas grâce à vous, vieille mouche du coche !

C'était la vieille grand-maman Georgina, revêche et grognon que connaissait si bien Charlie avant toutes ces aventures. Mrs Bucket se jeta au cou de sa mère et se mit à pleurer de joie.

La vieille femme l'écarta et dit :

– J'aimerais bien savoir ce que fabriquent ces deux stupides bébés à l'autre bout de mon lit.

– L'un d'eux est votre mari, dit Mr Bucket.

– Balivernes ! s'écria-t-elle. Où est passé Georges ?

– C'est vrai, maman, dit Mrs Bucket. C'est bien lui, à gauche. Et l'autre, c'est Joséphine...

– Espèce de vieux... camembert carotteur ! hurla-t-elle en pointant un doigt féroce vers Mr Wonka. Qu'est-ce qui...

– Allons, allons, allons, allons ! dit Mr Wonka. Je vous en prie, assez de disputes pour la journée. Ne vous emballez pas et laissez-nous faire, Charlie et moi. Et ils redeviendront exactement comme avant, en un clin d'œil !

19
Les bébés grandissent

– Apportez-moi le Wonki-Forta ! dit Mr Wonka. Nous allons nous occuper de ces deux bébés.

Un Oompa-Loompa accourut avec un petit flacon et deux cuillères à café en argent.

– Attendez ! aboya grand-maman Georgina. Quelle diablerie tramez-vous encore ?

– Tout va bien, grand-maman, dit Charlie. Je te promets que tout va bien. Le Wonki-Forta est le contraire du Forti-Wonka. Il vieillit. C'est ce qu'on t'a donné quand tu es devenue une Moins. Ça t'a sauvée !

– Vous m'en avez trop donné ! gémit la vieille femme.

– C'était obligé, grand-maman.

– Et maintenant, vous allez en donner trop à grand-papa Georges.

– Bien sûr que non, dit Charlie.

– J'avais trois cent cinquante-huit ans ! continua-t-elle. Qu'est-ce qui peut vous empêcher de commettre une petite erreur du même style et de lui en donner cinquante fois plus qu'à moi ? Après, j'aurais un vieil homme des cavernes de vingt mille ans au lit, près de moi ! Imaginez-le un peu tenant une grosse massue noueuse d'une main, et de l'autre me traînant par les cheveux ! Non, merci !

– Grand-maman, dit patiemment Charlie, on a dû utiliser une pompe à vaporiser avec toi parce que tu étais une Moins, un fantôme. Mais maintenant, Mr Wonka peut…

– Ne me parle pas de cet homme ! cria-t-elle. Il est dingo comme un dindon !

– Non, grand-maman, il n'est pas dingo. Il peut calculer la dose exacte à la goutte près, et la donner aux deux bébés. N'est-ce pas, Mr Wonka ?

– Charlie, dit Mr Wonka, je vois que cette usine sera dans de bonnes mains lorsque je prendrai ma retraite. Je suis vraiment content de t'avoir choisi, mon cher enfant, vraiment content. Alors, que décidez-vous, maintenant ? On les laisse bébés ou on les fait grandir avec le Wonki-Forta ?

– Allez-y, Mr Wonka, dit grand-papa Joe. J'aimerais que vous redonniez à ma Josie le même âge qu'avant, quatre-vingts ans.

– Merci, monsieur, dit Mr Wonka. J'apprécie votre confiance. Et l'autre, grand-papa Georges ?

– Oh, d'accord, dit grand-maman Georgina. Mais

s'il devient un homme préhistorique, plus question de l'avoir dans mon lit !

– Voilà qui est réglé ! dit Mr Wonka. Viens, Charlie. Nous allons opérer ensemble. Tu prends une cuillère, et moi l'autre. Je mets quatre gouttes dans chaque cuillère, quatre gouttes seulement, on les réveille, et pop ! dans la bouche !

– Je m'occupe de qui, Mr Wonka ?

– De la toute petite, de grand-maman Joséphine. Moi, je m'occupe de grand-papa Georges. Voici ta cuillère.

Mr Wonka ouvrit le flacon et fit tomber quatre gouttes d'un liquide noir et visqueux dans la cuillère de Charlie. Puis il fit de même dans la sienne.

Il redonna le flacon à l'Oompa-Loompa.

– Est-ce qu'il ne faudrait pas tenir les bébés, pendant l'opération ? proposa grand-papa Joe. Je tiens grand-maman Joséphine.

– Vous êtes fou ! s'écria Mr Wonka. Vous ne réalisez pas que le Wonki-Forta agit instantanément ? Une année par seconde, comme le Forti-Wonka. Le Wonki-Forta est rapide comme l'éclair. Au moment où on avale le remède... ping ! ça commence ! On grandit, on grandit, on vieillit et tout ça en une seconde ! Aussi, comprenez, cher monsieur, qu'à l'instant où vous tiendrez un petit bébé dans vos bras, à peine une seconde plus tard, vous chancellerez sous le poids d'une femme de quatre-vingts ans que vous jetterez par terre comme une tonne de briques !

– Je comprends, dit grand-papa Joe.

– Tout est prêt, Charlie ?

– Tout est prêt, Mr Wonka.

Charlie fit le tour du lit et s'approcha de la petite dormeuse. Il lui mit une main derrière la tête et la souleva. Le bébé se réveilla et se mit à hurler. De l'autre côté du lit, Mr Wonka faisait de même avec le petit Georges.

– Maintenant, tous les deux ensemble, Charlie ! dit Mr Wonka. Prêts, à vos marques, partez ! Pop dans le gosier !

Charlie fourra sa cuillère dans la bouche ouverte du bébé et lui fit prendre les quatre gouttes.

– Il faut qu'elle avale, hein ? lui cria Mr Wonka. Ça n'agit qu'une fois dans l'estomac !

Il est difficile d'expliquer ce qui arriva par la suite et, de toute façon, cela ne dura qu'une seconde. Une seconde, juste le temps de dire vite à haute voix : « Un, deux, trois, quatre, cinq ! » Effectivement, cela ne dura qu'une seconde au cours de laquelle Charlie guetta le petit bébé qui grandissait, grandissait, se ridait et devenait une grand-maman Joséphine de quatre-vingts ans. Ce fut une chose effrayante à voir, comme une éruption volcanique. Le petit bébé explosa soudain en une vieille femme et Charlie se retrouva tout à coup en train de regarder la vieille figure fripée qu'il connaissait bien et qu'il aimait tant de grand-maman Joséphine.

– Bonjour, mon chéri, dit-elle. D'où viens-tu ?

– Josie ! s'écria grand-papa Joe en se précipitant vers elle. C'est merveilleux ! Vous voilà de retour !

– Je ne savais pas que j'étais partie, dit-elle.

Grand-papa Georges avait également réussi son retour.

– Vous étiez plus mignon quand vous étiez bébé, lui dit grand-maman Georgina. Mais je suis contente que vous ayez à nouveau grandi, Georges… pour une bonne raison.

– Laquelle ? demanda grand-papa Georges.

– Vous ne mouillerez plus le lit.

20
Comment tirer quelqu'un du lit

– Je suis sûr, dit Mr Wonka en s'adressant à grand-papa Georges, grand-maman Georgina et grand-maman Joséphine, je suis tout à fait sûr qu'après cela, vous désirez tous les trois sauter du lit et venir donner un coup de main dans l'usine.

– Qui ça ? Nous ? dit grand-maman Joséphine.

– Oui, vous ! dit Mr Wonka.

– Vous êtes fou ? dit grand-maman Georgina. Je reste dans ce bon lit douillet, merci beaucoup.

– Moi aussi ! dit grand-papa Georges.

À ce moment-là, les Oompa-Loompas s'agitèrent brusquement, à l'autre bout de la salle au chocolat. Il y eut un bourdonnement de bavardages fébriles, ils se mirent à courir partout et à agiter les bras. Dans cette confusion, un Oompa-Loompa surgit et se précipita vers Mr Wonka en portant une énorme enveloppe. Il se mit à chuchoter quelque chose à Mr Wonka qui se pencha pour l'écouter.

– Devant les portes de l'usine ? s'écria Mr Wonka. Des hommes !… Quelle sorte d'hommes ?… Oui, mais est-ce qu'ils ont l'air dangereux ? Est-ce qu'ils font des actes inconsidérés ?… Et un quoi ? UN HÉLICOPTÈRE !… Et ces hommes en sortent ?… Ils vous ont donné ça ?…

Mr Wonka prit l'énorme enveloppe, l'ouvrit vite et en tira une lettre pliée. Il y eut un grand silence tandis qu'il la lisait en diagonale. Personne ne bougeait. Charlie frissonna. Il sentait qu'il allait arriver quelque chose d'affreux. Il y avait certainement du danger dans l'air. Les hommes devant les portes, l'hélicoptère, l'inquiétude des Oompa-Loompas… Il observait la figure de Mr Wonka, cherchant un signe, un changement dans son expression qui indiquerait de très mauvaises nouvelles.

– Par les six siroccos sirupeux ! s'écria Mr Wonka en bondissant si haut que ses jambes le lâchèrent à l'atterrissage et qu'il tomba à la renverse.

« Reniflantes rouflaquettes ! hurla-t-il en se redressant et en agitant la lettre en tous sens comme s'il chassait des moustiques. Écoutez-moi ça, vous tous ! Écoutez-moi ça !

Il se mit à lire à haute voix :

La Maison-Blanche
Washington DC

Pour Mr Wonka

Monsieur,

Aujourd'hui, toute notre nation et même le monde entier se réjouissent du retour à bon port de notre capsule du personnel avec ses cent trente-six âmes à bord. Sans l'aide d'un vaisseau spatial inconnu, ces cent trente-six personnes ne seraient jamais revenues. On m'a rapporté le courage extraordinaire qu'ont montré les huit astronautes de ce vaisseau. Nos stations radar, en suivant le trajet du vaisseau à son retour sur Terre, ont découvert qu'il avait atterri dans un endroit bien connu, la chocolaterie de Mr Wonka. Et c'est pourquoi, Monsieur, cette lettre vous est adressée.

Je désire à présent vous exprimer la reconnaissance de notre nation en invitant ces huit astronautes incroyablement courageux à venir séjourner quelques jours à la

Maison-Blanche en qualité d'invités d'honneur. Je vais donner une grande fête dans le salon bleu, ce soir, pour célébrer cet événement et, au cours de cette fête, j'épinglerai en personne les médailles de la bravoure à ces huit vaillants conquérants de l'espace. Les personnalités les plus importantes du pays viendront saluer les héros dont les actes fabuleux sont désormais gravés pour toujours dans l'histoire de notre nation. Parmi les participants, il y aura la vice-présidente (Miss Elvira Tibbs), tous les membres de mon cabinet, les chefs de l'armée de terre, de la marine et de l'armée de l'air, et tous les membres du Congrès, un célèbre avaleur de sabres d'Afghanistan qui m'apprend en ce moment à avaler du sable (il suffit d'enlever le «r» du sabre et de le remplacer par un «l»), et qui d'autre encore ? Ah, oui, mon interprète en chef, les gouverneurs de tous les États de l'union, et bien sûr ma chatte, Mrs Taubsypuss.

Un hélicoptère vous attend tous les huit devant les portes de l'usine. Moi-même, j'attends votre arrivée à la Maison-Blanche avec le plus grand plaisir et la plus grande impatience.

Je vous prie d'agréer, Monsieur, mes salutations distinguées.

Lancelot R. Gilligrass.

P. S. : Voulez-vous, s'il vous plaît, m'apporter quelques délicieux fondants Wonka ? Je les adore, mais tous les gens de mon entourage n'arrêtent pas de dérober ceux que j'ai dans le tiroir de mon bureau. Et surtout pas un mot à Nounou !

Mr Wonka s'arrêta de lire. Et dans le silence qui suivit, Charlie n'entendit plus que des bruits de respiration. Des inspirations et des expirations beaucoup plus rapides que d'habitude. Et il y avait plus encore. De l'émotion, de l'enthousiasme et du bonheur se mirent soudain à flotter dans l'air. Charlie en avait la tête qui tournait. Grand-papa Joe fut le premier à dire quelque chose…

« Youpiiiiiiiii ! » hurla-t-il et il s'élança à travers la salle, attrapa Charlie par la main et tous deux se mirent à danser le long de la berge de la rivière de chocolat.

– Nous partons, Charlie ! chantait grand-papa Joe. Nous partons enfin pour la Maison-Blanche !

Mr et Mrs Bucket aussi dansaient, riaient et chantaient. Mr Wonka courait dans toute la salle en montrant fièrement la lettre du président aux Oompa-Loompas. Puis il frappa dans ses mains pour réclamer le silence.

– Venez, venez donc ! appela-t-il. Il ne faut ni lambiner ni lanterner ! Viens, Charlie ! Et vous aussi, monsieur grand-papa Joe ! Et vous, Mr et Mrs Bucket ! L'hélicoptère est devant les portes ! On ne peut pas le faire attendre !

Il se mit à les pousser tous les quatre vers la porte.

– Hé ! cria grand-maman Georgina de son lit. Et nous ? On nous a invités, vous l'oubliez !

– Il a dit qu'on était invités tous les huit ! brailla grand-maman Joséphine.

– Et moi aussi, je suis de la fête ! dit grand-papa Georges.

Mr Wonka se retourna et les regarda.

– Bien sûr, vous êtes aussi de la fête, dit-il. Mais nous ne pouvons pas mettre ce lit dans un hélicoptère. Il ne passera pas par la porte.

– Alors… alors, si on ne sort pas du lit, on ne peut pas venir ? dit grand-maman Georgina.

– Exactement, dit Mr Wonka.

Il chuchota à Charlie en le poussant légèrement du coude.

– Continue, Charlie. Dirige-toi vers la porte.

Soudain, derrière eux, SWOOOSH ! Les couvertures et les draps valsèrent ! Les ressorts du matelas grincèrent ! Les trois vieux jaillirent du lit. Ils sprintèrent vers Mr Wonka en hurlant : « Attendez-nous ! Attendez-nous ! » C'était stupéfiant de voir comme ils couraient vite, dans la grande salle au chocolat. Mr Wonka, Charlie et les autres les fixaient, abasourdis. Flottant dans leur chemise de nuit, ils filaient sur leurs jambes nues. Ils bondissaient le long des sentiers et par-dessus les petits buissons comme des gazelles au printemps.

Soudain, grand-maman Joséphine freina si fort qu'elle glissa sans s'arrêter sur une distance de cinq yards.

– Attendez ! brailla-t-elle. Nous sommes fous ! Nous ne pouvons pas aller à une grande fête à la Maison-Blanche en chemise de nuit ! Nous ne pouvons pas rester pratiquement nus, en face de tous ces gens pendant que le président nous décorera !

– Ooh ! gémit grand-maman Georgina. Et qu'est-ce qu'on va faire ?

– Vous n'avez pas d'habits du tout ? demanda Mr Wonka.

– Bien sûr que non ! répondit grand-maman Joséphine. Nous ne sommes pas sortis de ce lit depuis trente ans !

– Impossible d'y aller ! soupira grand-maman Georgina. Nous devons rester en rade !

– On ne peut pas acheter quelque chose dans un magasin ? demanda grand-papa Georges.

– Avec quoi ? dit grand-maman Joséphine. Nous n'avons pas d'argent !

– De l'argent ! s'écria Mr Wonka. Juste ciel ! Ne vous tracassez pas pour l'argent. J'en ai plein !

– Écoutez-moi, dit Charlie, on pourrait demander à l'hélicoptère d'atterrir sur le toit d'un grand magasin, en chemin. Alors, vous pourriez descendre et acheter exactement ce que vous voulez !

– Charlie ! s'exclama Mr Wonka en l'attrapant par la main. Que ferions-nous sans toi ? Tu es génial !

Venez donc, vous tous ! Nous partons passer quelques jours à la Maison-Blanche !

Ils se prirent tous par le bras et sortirent de la salle au chocolat en dansant. Et ils dansèrent le long des couloirs, et en passant par la grande porte de la chocolaterie. Le grand hélicoptère les attendait à l'extérieur, devant l'usine. Un groupe de messieurs à l'air très important s'approcha d'eux pour les saluer.

– Eh bien, Charlie, dit grand-papa Joe. Voilà ce qui s'appelle une journée bien remplie.

– Elle n'est pas encore finie, dit Charlie en riant. Elle ne fait que commencer.

Table des matières

Quentin Blake

L'illustrateur

Quentin Blake est né dans le Kent, en Angleterre. Il publie son premier dessin à seize ans dans le célèbre magazine satirique *Punch*, et fait ses études à l'université de Cambridge. Il s'installe plus tard à Londres où il devient directeur du département Illustration du prestigieux Royal College of Art. En 1978, commence sa complicité avec Roald Dahl qui dira : « Ce sont les visages et les silhouettes qu'il a dessinés qui restent dans la mémoire des enfants du monde entier. » Quentin Blake a collaboré avec de nombreux écrivains célèbres et a illustré près de trois cents ouvrages, dont ses propres albums (*Clown*, *Zagazou*...). Certains de ses livres ont été créés pour les lecteurs français, tels *Promenade de Quentin Blake au pays de la poésie française* ou *Nous les oiseaux*, préfacé par Daniel Pennac. En 1999, il est le premier Children's Laureate, infatigable ambassadeur du livre pour la jeunesse. Il est désormais Sir Quentin Blake, anobli par la reine d'Angleterre pour services rendus à l'art de l'illustration, et son œuvre d'aujourd'hui va aussi au-delà des livres. Ce sont les murs des hôpitaux, maternités, théâtres et musées du monde entier qui deviennent les pages d'où s'envolent des dessins transfigurant ces lieux. Grand ami de la France, il est officier de l'ordre des Arts et des Lettres et chevalier de la Légion d'honneur.

Pour en savoir plus sur

ROALD DAHL

Roald Dahl était un espion, un pilote de chasse émérite, un historien du chocolat et un inventeur en médecine. Il est aussi l'auteur de *Charlie et la chocolaterie*, *Matilda*, *Le BGG* et bien d'autres fabuleuses histoires : il est le meilleur conteur du monde !

Du même auteur chez Gallimard Jeunesse

FOLIO CADET

Fantastique Maître Renard
La Girafe, le pélican et moi
Le Doigt magique
Les Minuscules
Un amour de tortue
Un conte peut en cacher un autre

FOLIO JUNIOR

Charlie et la chocolaterie
Charlie et le grand ascenseur de verre
Coup de gigot et autres histoires à faire peur
Escadrille 80
James et la grosse pêche
L'enfant qui parlait aux animaux
La Potion magique de Georges Bouillon
Le BGG

Les Deux Gredins
Matilda
Moi, Boy
Sacrées Sorcières
Tel est pris qui croyait prendre

La Poudre à boutons et autres secrets mirobolants de Roald Dahl

FOLIO JUNIOR XL

Trois Histoires (Charlie et la chocolaterie – Charlie et le grand ascenseur de verre – James et la grosse pêche)

FOLIO JUNIOR V.O.

Lamb to the Slaughter and Other Stories

FOLIO JUNIOR THÉÂTRE

Charlie et la chocolaterie
James et la grosse pêche
Le BGG
Sacrées Sorcières

BIBLIOTHÈQUE GALLIMARD JEUNESSE

Matilda (*préface de Jean-Claude Mourlevat*)
Charlie et la chocolaterie (*préface de Susie Morgenstern*)

SCRIPTO

Coup de chance et autres nouvelles

GRAND FORMAT LITTÉRATURE

4 histoires (Charlie et la chocolaterie – Charlie et le grand ascenseur de verre – James et la grosse pêche – Matilda)
Le BGG
Les Minuscules

L'HEURE DES HISTOIRES
L'Énorme Crocodile

ÉCOUTEZ LIRE
Charlie et la chocolaterie
Charlie et le grand ascenseur de verre
Coup de gigot et autres histoires à faire peur
Fantastique Maître Renard
James et la grosse pêche
La Potion magique de Georges Bouillon
Le BGG
Les Deux Gredins
Les Minuscules
Matilda
Moi, Boy
Sacrées Sorcières

HORS-SÉRIE
Charlie et la chocolaterie. Un livre pop-up
Roald Dahl, le géant de la littérature jeunesse
(*avec le magazine* Lire)
Moi, Boy et plus encore
Le BGG (*édition en couleurs*)

HORS-SÉRIE MUSIQUE
L'Énorme Crocodile
Un amour de tortue

Découvre d'autres livres
de **Roald Dahl**

---

dans la collection

folio junior

LES DEUX GREDINS

---

n° 141

La barbe de Compère Gredin est un véritable garde-manger, garnie des miettes de ses monstrueux festins : restes de spaghettis aux vers de terre, bribes de tartes aux oiseaux... un régal que Commère Gredin lui prépare chaque semaine. Mais voilà qu'une bande de singes acrobates va troubler les préparatifs du plat hebdomadaire...

CHARLIE ET LA CHOCOLATERIE

n° 446

Mr Willy Wonka est le plus incroyable inventeur de chocolats de tous les temps. Son usine, la chocolaterie Wonka, doit être un endroit vraiment magique ! L'extraordinaire histoire du jeune Charlie Bucket commence le jour où il gagne l'un des cinq tickets d'or permettant de visiter la mystérieuse fabrique du confiseur. Mais il est bien loin d'imaginer les folles aventures qui l'attendent…

LA POTION MAGIQUE DE GEORGES BOUILLON

n° 463

La plupart des grands-mères sont d'adorables vieilles dames, gentilles et serviables. Hélas, ce n'est pas le cas de la grand-mère de Georges ! Grincheuse, égoïste, elle ressemble à une sorcière et elle a des goûts bizarres : elle aime se régaler de limaces, de chenilles… Un jour, alors qu'elle vient une fois de plus de le terroriser, Georges décide de lui préparer une potion magique. Une potion aux effets surprenants… et durables !

JAMES ET LA GROSSE PÊCHE

n° 517

Le petit James mène une existence bien malheureuse auprès de ses deux tantes abominablement méchantes, tante Éponge et tante Piquette, qui le tourmentent sans cesse. Un jour, un vieil homme confie à James un sac rempli de bizarres petites choses vertes. James les fait tomber par mégarde au pied du vieux pêcher et voilà qu'une pêche géante se met à pousser ! Cette pêche va bouleverser la vie de James...

LE BGG
LE BON GROS GÉANT

n° 602

Sophie ne rêve pas, cette nuit-là, quand elle aperçoit de la fenêtre de l'orphelinat une silhouette immense vêtue d'une longue cape et munie d'une curieuse trompette. Une main énorme s'approche et saisit la petite fille terrifiée pour l'emmener au pays des géants. Mais heureusement, Sophie est tombée entre les mains d'un géant peu ordinaire : le Bon Gros Géant, qui se nourrit de légumes et souffle des rêves dans les chambres des enfants...

SACRÉES SORCIÈRES

n° 613

Ce livre n'est pas un conte de fées, mais une histoire de vraies sorcières. Vous n'y verrez ni stupides chapeaux noirs, ni manche à balai. La vérité est bien plus épouvantable. Les vraies sorcières sont habillées de façon ordinaire, vivent dans des maisons ordinaires et ressemblent à n'importe qui. Si on ajoute qu'une sorcière passe son temps à dresser les plans les plus démoniaques pour attirer les enfants dans ses filets, il y a de quoi se méfier !

MATILDA

n° 744

À l'âge de cinq ans, Matilda sait lire et a dévoré tous les classiques de la littérature. Pourtant, son existence est loin d'être facile, entre une mère indifférente, abrutie par la télévision, et un père d'une franche malhonnêteté. Sans oublier Mlle Legourdin, la directrice de l'école, personnage redoutable qui voue à tous les enfants une haine implacable…

Le papier de cet ouvrage est composé de fibres naturelles, renouvelables, recyclables et fabriquées à partir de bois provenant de forêts gérées durablement.

Mise en pages : Maryline Gatepaille

Loi n° 49-956 du 16 juillet 1949
sur les publications destinées à la jeunesse
ISBN : 978-2-07-060162-2
Numéro d'édition : 360540
Premier dépôt légal dans la même collection : novembre 1978
Dépôt légal : août 2019

Imprimé en Espagne par Novoprint (Barcelone)